中国科普作家协会资助项目

王晋康文集
第20卷

黄金黄金

王晋康 著

科学普及出版社
·北京·

图书在版编目（CIP）数据

黄金黄金 / 王晋康著 . -- 北京：科学普及出版社，2023.2

（王晋康文集；20）

ISBN 978-7-110-10466-8

Ⅰ.①黄… Ⅱ.①王… Ⅲ.①幻想片 – 电影文学剧本 – 作品集 – 中国 – 当代 Ⅳ.① I235.1

中国版本图书馆 CIP 数据核字（2022）第 121287 号

策划编辑	王卫英
责任编辑	王卫英
封面题字	张克锋
装帧设计	中文天地
责任校对	焦　宁　张晓莉　邓雪梅　吕传新
责任印制	徐　飞

出　　版	科学普及出版社
发　　行	中国科学技术出版社有限公司发行部
地　　址	北京市海淀区中关村南大街 16 号
邮　　编	100081
发行电话	010-62173865
传　　真	010-62173081
网　　址	http://www.cspbooks.com.cn

开　　本	710mm×1000mm　1/16
字　　数	7460 千字
印　　张	470.25
插　　页	1
版　　次	2023 年 2 月第 1 版
印　　次	2023 年 2 月第 1 次印刷
印　　刷	北京中科印刷有限公司
书　　号	ISBN 978-7-110-10466-8 / I・641
定　　价	2888.00 元

（凡购买本社图书，如有缺页、倒页、脱页者，本社发行部负责调换）

目 录

科幻剧本

黄金黄金 / 003
陷阱 / 057
生命之歌 / 083

非科幻小说

人与狼 / 147
人之初 / 166

科幻剧本

黄金黄金

（本片中的人物对白以中原西南方言为主，阿娇与成人任中坚用普通话。）

清明节，墓园里人头攒动，不时有鞭炮声。

一座简陋的墓碑，碑上有夫妻两人的瓷像，相片衣着寒酸，表情木然。下面是两个名字：刘秀英　1949—2005，字迹为黑色；任中坚　1949—　，字迹为红色。碑下放着一束鲜花。

任中坚在坟前盘膝默坐。61岁，头发略见花白，衣着简单，面容显出年龄的风霜，但并不是特别老相，体形偏瘦，眉目中透着郁郁之气。

他凝视着墓碑上的瓷像，瓷像幻化成两个十岁左右的少年。夜色朦胧，他俩都又黑又瘦，正在河边苇丛中的小路上行走，都扛着相对于个头来说过大的铁锨，一把锨上绑有一面三角形的冠军旗。男孩光着背，衣服搭在肩头，女孩衣服上打着补丁。同行的还有两个孩子，四人合唱着上世纪50年代流行的少儿歌曲。它将是本片音乐的主旋律，但在原来轻快明朗的基调上掺入怅然和梦幻色彩。

　　太阳光金亮亮，雄鸡唱三唱。花儿醒来了，鸟儿忙梳妆。小喜鹊造新房，小蜜蜂采蜜糖。幸福生活哪儿来，要靠劳动来创造！

女孩悄声喊："小坚哥，等俺一下。"
男孩停住脚步："英子咋了？"
女孩不好意思地说："俺憋不住尿了。俺怕黑。"
"胆小鬼！你去吧，俺等你。"

女孩把铁锨交给男孩,往苇丛跑去,半路上回头说:"你得让俺看到你。"

男孩不耐烦地说:"妮子们真麻烦。俺就站这儿不动,你去吧。"

女孩躲到苇丛后解手,一边探着脑袋看男孩是否在原地。男孩无事,也背过脸撒了一泡。清澈的尿流冲走浮沙,露出一个圆滚滚的东西。前边有人喊:"任中坚,刘秀英,你们在磨蹭啥?"

女孩系着裤带跑来了,两人手拉手一块儿向前追去。歌声渐远。

又幻化出墓碑上的瓷像。任中坚苍凉地长叹一声。

紧邻的是一座超豪华家族墓,此刻有一大群人蜂拥而来,墓地管理员殷勤地侧身导引。为首的胖子钱八约 50 岁,最明显的特征是锃亮的肥脑袋,衣着的豪华中带着匪气,脖子上戴着粗大的金链。三位衣着华贵的女人簇拥着一个 80 多岁的老太太,一色黄金首饰,金光一片。两个 20 岁左右的女孩走在后面,两个五六岁的男孩在前后奔跑。钱八锐利的目光首先寻找到任中坚,对那个背影诡秘地笑笑,大声喊着迎上去:

"任哥,给嫂子上坟?"

任中坚起身同他握手。钱八拉他到老太太跟前:"妈,赶巧遇上任哥。任家嫂子的墓地就在隔墙,等你多咱闭眼后还同他家做邻居。"

任中坚淡淡地说:"我听说,你是特意挑在我家的墓旁建这座大墓?"

钱八笑着打了个哈哈,没有正面回答。老太太雍容华贵,但脸上刻着往日的苦日子。看见任中坚她很高兴:"坚子,可有些年没见面啦。"

钱八介绍:"任哥,这是俺那口子,一直没换,不用介绍的。"钱妻约 50 岁,看起来精明强干,她笑着同任中坚打招呼。"这两位——任哥跟前俺不打马虎眼,她俩明里是公司的秘书,暗里是俺的老二老三。"他猥亵地拍拍两人肚皮,"俩肚子争气,每人给俺生了个带把的,你知道的,俺那口子只生俩赔钱货。"

两个年轻美艳的女人没把衣着寒酸的任中坚放在眼里,冷淡地点头,目光没离开旁边蹦跳玩耍的两个公子。钱母钱妻对这番一夫三妻的介绍也习以为常。

老太太对两位年轻女人讲述往事:"刚解放那阵,咱老宅那条街都是下苦力的,家家穷得叮当响,只有坚子他爹是教书先儿,吃的是皇粮。那时邻居们可没少得任家的济,都说任家是街道小银行,实在揭不开锅就去借个块儿八毛。"她转向儿子,"八子,咱可不能忘了任家的好。你任哥啥时候有难处找你,你一定得帮他。"

钱八似笑非笑:"老妈你可冤枉俺了。五年前,俺听说任哥要搞一项世纪性大发明,钱上有难处,俺主动找上门给他投1000万。任哥不要,嫌俺钱八的钱脏。任哥要当清清白白的好人哪。"

老太太轻叹:"坚子是十成十的好人,可这年头儿,当好人太难。"

此前任中坚一直是礼节上的应付,这会儿表情突然明显地变"活"了,变生动了。他嬉笑着说:"钱婶这句话实在精辟。这年头儿当好人太难,太苦,太不划算。我已经下了决心,打从退休这天,改行当坏人。"

钱八哂笑:"坏人也不是说当就能当的,得有坏的天分。你这把年纪再改行,晚了吧?"

他虽是玩笑,但后一句话够刻薄的。任中坚淡然一笑:"闻道无早晚。朝闻道,夕死可矣。"

"既是这样,不嫌俺的钱脏了?俺的许诺没变,1000万,再多也不是不行。"

任中坚微微一笑:"多谢啦,不过用不着。凭我的知识和智商,只要决心当坏人,万两黄金唾手可得。"他的平和中透出高傲和决心,但表情中明显带着邪性。

钱家一行熙熙攘攘离开。钱八走到一边打手机:

"心肝,听那老家伙的口气,那玩意儿已经成功了,眼下就有大动作。你抓紧点儿!"

墓地管理员拎着一桶黑漆,疑惑地看看墓碑上的照片,看看墓地证,再看看任中坚:"这墓地是先生你本人的?"

"对。"

"可是……按规矩,人过世后才把名字描黑呀。"

任中坚淡淡地说:"我已经死了。"管理员还在疑惑,他转为厉声,"听墓主的,描吧!"

红字变成黑色的"任中坚 1949—2010"。

管理员疑虑重重地走了。一个女人悄然出现在任中坚身后,默默地盯着墓碑上的字。35岁左右,非常漂亮,气质清纯,雪白的毛衣裹着高耸的胸脯。她默默向任妻献花。又取出一瓶酒,三个酒杯,也在墓前席地而坐。她斟上酒,两人很默契地对饮。其中一杯酒放在任妻相片下面,两人时时向死者举杯。

天色渐晚。

暮色中女人停下车,挽着已醉的任中坚进屋。屋子不大,但气度高雅。女人为他脱外衣,拿拖鞋,沏茶。然后回内室,少顷穿一件非常性感的睡衣出来。任中坚明显一愣,女人立即偎在他身边,娇羞地说:

"你为秀英姐守了六年,我也等了你三年。今晚阿娇不会放你走了。"

任中坚很感动,默然握紧她的手。女人狂烈地抱着他亲吻,喃喃地说:

"任先生,你是五百年一出的技术天才。即使你的时间机器最终未能成功,也不会改变我的仰慕。我知道,不是每个天才都能成功的。可惜,世人不了解你的价值。"

任把她推开,直视着她的眼睛,缓缓地说:"已经成功了。"

"真——的?"

任中坚从衣架上的外衣口袋里取出一件东西,比手掌略大,螺壳形,半透明,正面有手形凹陷。任指指凹陷:

"这是手纹识别装置。"他把右手放在凹陷中,螺壳立即闪闪发亮,变幻着神奇的光彩。翻过来,另一面是屏幕,已经被激活,闪着一行字:目标时间?屋内随后出现一个强光光锥,尖顶部大约2.5米高,底部的圆面与地面平齐。光锥很稳定,仅轮廓多少有些游动。两人被罩在光锥里面,阿娇惊喜异常。少顷光锥消失，任中坚平静地说：

"已经成功了。只用输入目标时间，按下红色启动键，它就能把光锥范围内的人和东西带到预定的时间。不过这台机器功率较小，只能回到50几年之内，所能携带的重量也有限。阿娇，我把你的手纹也输进去了，世上只有咱俩能启动它。你试试。"

阿娇小心地把手放在凹陷上。光彩闪烁，光锥再度出现。

光锥消失，阿娇扑上去狂吻任中坚，然后伏在任中坚肩头。可以看出，她的清纯目光已经变得阴险狠辣。随后她满面笑容，痴痴地看着任中坚：

"你说过，研究成功就和我结婚。"

任中坚怜惜地拥着她，看着远处，目光苍凉。少顷他疼爱地说："阿娇，谢谢这三年你对我的激励，还有金钱上的帮助，否则我的成功不会这么顺利。你秀英姐跟着我受了一辈子苦，得了绝症我也没钱为她治病。我决不会让你再这样了。李白诗云：汉帝宠阿娇，贮之黄金屋。我要用这部机器先打造一个黄金屋，再用八抬大轿来娶你。"

阿娇撒娇："我不要啥子黄金屋，只要你的人……"

任中坚打断她的话："别说了，听我的安排。"

任坐上阿娇的车，两人告别。阿娇依依不舍："任哥，今晚还是留下吧。"

任笑着摇头，以绅士礼节吻吻她的手，关上车窗。汽车开走。

阿娇关上门，立即急不可耐地要通手机："八哥快点来！姓任的老东西刚走，那玩意儿真的成功了！"

任中坚沉思地开车。霓虹灯光在他脸上明明暗暗。

钱八飞速开车，与他擦肩而过，两人都没发现对方。

钱八关上门首先脱衣服："娇娇俺的心肝，想死俺了！""清纯"的阿娇腻笑着，任由男人剥去仅有的睡衣，又帮男人脱衣服。男人女人的衣服扔了一地，两具裸体相拥着进了卧室。做爱的咻咻声伴着阿娇的介绍：

"成功了，他当场给我做了一次试验！"

"老子眼力如何？知道那书呆子不是凡人，早几年俺就下了钩。"

"哼，你个王八蛋，舍得自己的女人去当诱饵。"

"只能怪你太有魅力嘛。俺吃透了，他这种读书人，就喜欢你这种清清纯纯的白莲花。老二老三就不行。"

"我可告诉你，这三年来那家伙也就是亲亲我，没动真格。"

钱八笑："你干吗不让他动真格的！那才能真正拴死他！他可握着时间机器啊，有那宝贝，想要万两黄金只是翻翻手的事儿。"

"往下该咋干？"

声音转小。

钱八得意扬扬地关门离开。衣着暴露的阿娇屈腿坐在床上，陷入深度思索。忽然失声说：

"错了！错了！"她苦笑着自嘲，"干吗急着对钱八透底！傻女人，傻透了，不怪钱八说你头发长智商低。"

任中坚在夜色中开车，来到河边。一个年轻男人在等他，一身黑衣，目光狰狞，肌肉发达。任中坚下车。那人打量他，声音冷硬地问：

"就是你这些天一直在找贼王？说有件大单子要做？"

任中坚点头："你是胡瘸子手下的黑豹？"

黑豹没回答，命令道："脱光衣服，换上这一套。跟我走。"

夜色中任中坚徐徐脱衣，象征着他脱去了60年的道德束缚，黑色裸体清晰如剪影。随后他换上一身黑衣。黑豹取出眼贴蒙上他的眼，外边加一个大号墨镜。"走，坐我的车。你的车钥匙留在车上，有人会送它回家。"

汽车进入沉沉的黑暗。

黑豹为任中坚揭去眼贴，然后守在一边，熟练地玩着一把刀子。客厅宽大，屋中陈设带农村风格，窗帘紧闭。贼王胡瘸子躺在竹躺椅上，上下打量着来人。他有50多岁，较瘦，筋骨坚硬。他冷淡地问：

"你就是那个姓任的？啥子技术天才？"

任中坚淡淡地说："问话人躺着时，我不习惯站着回话。"

贼王稍愣，坐起来哂笑道："咱是粗人，先生别见怪。任先生是上等人啊，咱得按对待上等人的礼数。"他亲自起身，搬来椅子，又从冰箱里拿来一瓶饮料，行走时左腿瘸着。"请坐。现在书归正传，先生找俺胡瘸子有啥见教？"

任中坚拉开铝环，慢慢品尝饮料。忽然没头没脑地说："这辈子我一直在做好人，"他指指心脏，"这儿装满良心、名声、节操、廉耻、君子固穷之类的正经玩意儿。"

胡瘸子横他一眼，嘴里倒是啧啧称赞："对，那都是好货色，值当放到神龛里敬着。可你为啥来找俺？帮条子抓俺蹲大狱？"

任中坚自顾说下去："可惜，一直到花甲之年，我才发觉这些东西太昂贵，太奢侈，不是升斗小民用得起的。古人说善恶有报，如今我不信了。世上那么多巨枭大贪，看来都不会在现世遭报应，偏偏我又压根儿不信虚妄的来世。所以，"他缓缓地宣布，"我已经幡然醒悟了，要重新做人了。"

贼王和黑豹开始提起精神："早这么说不就结了？说吧，你找俺俩，是有笔大生意？"

"不错，有笔大生意，大得超出你们的想象。"他微微一笑，转过头打量屋外。"我猜，这幢房子应该是在市区南部，离浠水河不远吧。"

贼王回头怒视黑豹，黑豹不服气地说："不可能！俺开车至少拐了30个弯！"

任中坚简单地说："我天生能蒙目辨向。"他指指窗户，"如果打开它，就能看到一幢28层的银行大楼，对吧。"

贼王钦服地说："没错，再往下说。"他瘸着腿过去，拉开窗帘，夜色中，越过农家围墙，不远处是一座造型奇特的大楼，一道明亮的光剑从楼顶射出，旋转着劈开夜幕。

"大楼的地下室是一个庞大的秘密金库,是国家的战略库存。那儿的黄金……多得就码放在敞开的货架上,金光闪烁,晃得你睁不开眼睛。"

声音转为画外声。屏幕上闪出金库的宏大画面,一排排水银灯照着整齐排列的货架,架上金光闪烁。货架向远处延伸,没入黑暗。

贼王紧张的画外声:"说下去,说下去。"

"那里戒备森严,墙是混凝土浇成的整体式外壳,两米厚的钢门,24小时的武装守卫。进库要经过五道关口,包括通行证、密码、指纹验证、瞳纹验证和声纹验证。钢门上有两个相距三米的锁孔,必须两人同时经过很复杂的操作才能打开。屋内设有灵敏的拾音装置和监视镜头,即使是轻微的呼吸声也能放大成雷鸣般的声响,并自动触发警报。"

同步出现相应的画面,包括武警在紧张有序地做突发事件演习。

镜头转到原住所。任中坚平静地说:"虽然你俩是贼王贼帅,黑道上赫赫有名,我想你们也没想过对金库下手,只怕梦里也不敢想。"

黑豹听出他的轻蔑,正欲发作,胡瘸子微微摆头制住他。"对,俺们梦里也不敢想。你有办法?"

"我更进不去。但我有这个玩意儿。"他傲然举起那个螺壳状物体,"时间机器。"

贼王和黑豹交换着怀疑的神色:"时间机器?俺知道科幻电影中常有这玩意儿。也知道爱因斯坦相对论说啥子时间可变……"

任中坚不客气地截断:"以你的知识水平不可能懂得相对论,所以不必在这上面浪费时间。常言说眼见为实,咱们可以当场试验。"

贼王的表情有些悻然,忍住气问:"咋个试验?"

任把右手平放在手形凹陷里,透明体开始闪烁,随之出现光锥,把三人罩在里面。光锥中的贼王和黑豹很紧张,黑豹悄悄掏出刀子,但贼王示意他装进去。任中坚说:

"时间旅行前,先要告知你们两条铁的禁令。第一,必须确保在你要去的时刻、在这个光锥范围内没有任何人或物体。否则,在时间跃迁的瞬间,两个时间的实体会融合在一起，变成一个怪物。"

机器的小屏幕上同步现出动画画面。一个人在返回过去的刹那与一只狗融在一起，画面怪诞恐怖。贼王和黑豹盯着画面，表情紧张。

"现在请告诉我，你们想回到多久之前？注意我刚才说的，必须保证那个时刻，在这个光锥范围内是空的。"

贼王想了想："10天前的凌晨两点吧。俺记得很清楚，那晚俺和黑豹没干活，在里屋睡觉。客厅肯定是空的。"

任中坚在"目标时间"之后输入：-10天，2：00：00，然后按动红键。光锥闪烁一阵后消失。他说："现在已经是在10天前了。"

四周一切如旧，两人怀疑地打量着。黑豹不屑地说："扯淡！俺咋知道……"

任中坚竖起食指让他噤声，悄声说："你们到卧室看看吧。但注意不要惊动他俩，也就是10天前的你们。这就是我要说的第二条禁令：乘时间机器回到过去后，尽量防止与那时的自身有互动来往。道理很明白，不用我多讲。如果是低强度互动，问题倒不大，但如果你无意中杀死了过去的你，那今天的你就有大麻烦了。"

贼王悄声问："啥样的麻烦？"

"你在时间中失去了连续性，所以后来的你也会自动消失。"

两个老贼很专业地逼近卧室，悄悄推开门后脸色突变：卧室里是另一个贼王和黑豹，睡得正香。

两人验证无误后走回来，表情敬畏，向任中坚点头。任启动机器，屏幕上显示：

返回时间？默认为出发时刻。

任中坚按下红色钮，光锥闪烁后消失。屋里的贼王10天前的贼王似乎听到动静，探身出来在屋内检查一遍，没有发现异常，打了一个哈欠，回里屋睡觉。

光锥再现并消失。任中坚微笑道："已经回到现在了，再到卧室去看吧。"

两人仍是小心翼翼地推开卧室门，屋内空无一人。两人面面相觑，黑豹敬畏地说："先生俺服了！这不是变戏法，变戏法逃不过师傅和俺的两双贼眼。"

贼王请任坐下，这次他的礼数已经是真心了。他笑道："任先生，俺信服你的宝贝了。可是，这和金库有啥关系？用它就能穿过墙壁和钢门？"

"不，当然不能。用它连一道窗纱也穿不过。但咱们可以拿时间换空间。"

"咋个换法？先生你快讲。"

"这幢银行大楼是啥时候建成的，你知道吗？"

"不知道，有十几年了吧。"

"是1982年开工，1987年建成的。所以，咱们可以回到1982年以前，然后，在那个时间断面，咱们可以自由地进行空间移动……"

贼王立即接过话头："你是说，咱们先从银行之外的啥地方回到1982年前，再从那儿走到将来盖金库的地方。因为那时还没金库，一片苇子地，咱想咋走就咋走。等咱们走到将来的金库中心，再使用时间机器回到现在——这时就在金库中了，对不？"

"对，你的脑瓜很灵。不过，不一定要回到现在，只需回到'金库建成、黄金存入'的任一时刻就成。"

"然后……拢一堆金条，站在光锥范围内，再开动机器，带着金条回到1982年以前，咱们就可以自由自在地走出去了！因为那时根本没金库，没混凝土墙也没钢门！任先生，俺说得对不对？"

"完全正确。"任中坚微笑道。

贼王哈哈大笑，声震屋瓦："妙，实在是太妙了！拿时间换空间，只有任先生能想出这样妙的主意！还有哪，走出金库后甚至不用回到现在——虽说这件活干得雁过无声，到底得担惊受怕不是？咱们干脆回到'黄金被盗之前'的管它哪个时候，痛痛快快享受一番。那时的黄金还没丢呢，条子们干瞅着咱大把花钱也没办法，他们不能为多少年后的盗窃案抓人哪，对不对？"

"没错。不过……我还是要回到现在，回到我改弦易辙之后。否则……"他声音低沉地说，"我怕没脸花这些贼赃。"

贼王没注意他的情绪暗流,得意地捶着黑豹的肩膀:"妙极了,实实在在妙不可言!不过任先生,还有一点儿疏漏。"

"什么疏漏?"

"你说过的警报系统!咱们只要一进入金库——俺是指已经建成的金库,拾音系统马上就会报警,监视镜头也会发现。"

任中坚不慌不忙地说:"22年前,就是1988年9月15日,金库的警报系统出了故障,一天内也没能排除,只好从银行外聘请专家连夜会诊,那位专家就是我。那晚我单独一人在金库里工作,找出了故障,在次日凌晨修好了。所以,至少在那天早六点到次日六点这24小时内,金库是没有警报系统的。"

"那……22年前你就开始打这个主意了?"

任中坚像被鞭子抽了一记,恼羞成怒:"胡说!那时我一心一意查找故障,根本没起这种贼心。"

贼王与黑豹交换一下鄙夷的目光,不留情面地嘲讽:"是吗?那太可惜了,要不趁机会揣两根出来,你咋至于半辈子受穷。"

任中坚已经控制了情绪,心平气和地摇头:"当时我确实没有这个念头。银行知道我的价值,高薪聘请我,我也全心全意为他们解难。而且即使想顺手牵羊也办不到。那儿重兵把守,所有人进出门都要在监视下更换全身衣服……不说这些了,回正题吧,咱们只需把作案时间安排到警报失灵的那晚,就平安无事了。"

他不再说话,等着对方的反应。黑豹跃跃欲试,贼王沉思着。

偏僻的河边,荒地长满苇丛。不太远处能看到那幢造型奇特的银行大楼和楼顶旋转的光剑。汽车在道路尽头停下,钱八和阿娇下车步行,来到一株繁茂的柳树下。阿娇说:

"任先生说他这一段忙,可能不和我联系。如果我有急事就来这里等他,他说他会知道的。这里很幽静,三年来我俩常在这儿约会。"

"娇娇,你会不会用那个时间机器?"

"用起来很简单的,可那上面有手纹识别系统,只有任先生才能开启。"

她是在说谎，但一点儿也不打顿。

钱八淫秽地笑着："放开手段迷住他，让他把你的手纹也输进去！娇娇，俺知道你有这个能耐，最多你让他动几次真格的，俺绝不吃醋。"

阿娇不屑地弹一下钱八的光头："哼，我看你对当肉头很有瘾哪。你是想偷他的时间机器？拿时间机器想干啥？"

"你得先弄清他想干啥？"

"任先生再三说要给我建一座黄金屋，我觉得这句话不完全是比喻。"

"莫非——他想打这个国家金库的主意？"他指指银行大楼。

"嗯，我是这样想的。"

"咋样弄？用那台时间机器就能穿过金库的厚墙？"

"肯定不行——但他打算使用啥办法，我一无所知。"

钱八说变脸就变脸，怒声说："头发长智商低，这三年你是白吃饭的？这才是最关键的秘密，是阿里巴巴进宝库的口令！"

阿娇不服气："我不是没打听过，但任先生闭口不说。按他的说法是：决不让我'接触肮脏'。"

钱八忽然说："阿娇，我发现你对他的称呼变了，过去是说'姓任的老家伙'，现在称'任先生'。"

阿娇一愣，抿嘴笑道："是吗？也许我真爱上他啦。别看他年龄大，还真有让女人动心的地方。如果他再有钱，那就算得上完美王老五了。"

钱八诚恳地说："其实，从你的利益考虑，最好把美人计做成真夫妻。这书呆子绝对不是凡人，手里又握有那件宝贝，只要放开胆子做坏事，万两黄金确实唾手可得。俺手里的银子可比不上他。总之一句话：你靠俺不如靠他。"

阿娇嗔道："钱八，你个肉头佬，你说这话可别后悔！"

钱八没理她的娇嗔，自顾说："只是可惜呀。"

"可惜什么？"

"这号读书人，哪怕已经决心改行当坏人，内心还是有洁癖的。就怕他知道你的老底儿，那时别说做夫妻了，说不定一怒之下杀了你。"他看看阿娇，

"俺可不是唬你，他真敢干。他今儿个越是喜欢你到骨头缝里，赶明儿越是敢杀你。"

阿娇面色阴沉，怒冲冲地说："钱八够啦，不用再敲打我啦，我不会背叛你的。"她冷冷地补充一句，"钱八你个坏种，五脏六腑都烂了。你只要一张嘴，就能闻到一股子恶臭。"

"哈哈，谢谢夸奖。那臭味儿——其实就是俺说的当坏人的天分。而且——咱俩彼此彼此。"

黑豹用目光催促贼王决断，后者温和地笑道：

"任先生，这个计划很完美，不过俺有一点小小的疑问。"

"请讲。"

"按任先生的计划，你一个人轻飘飘就干了。为啥要费神费力找到俺俩？非要把到手的黄金分成三份儿？任先生天生不爱吃独食吗？"

黑豹惊悟，用刀锋般的目光盯着任。任在两人的逼视下平静地说："要实施这个计划，还缺一件极关键的东西——金库的建筑图，我必须知道金库的准确经纬度和标高，否则等我回到过去，可能就把脑袋嵌在水泥楼板中了。建筑图存放在银行的绝密档案室里。"

贼王立即说："这个容易，包给俺们了！除了金库，哪儿也挡不住俺俩。"

任沉默良久，意态萧瑟地叹道："其实我说的并非真实原因。我虽然没能力偷出这份图纸，但可以使用时间机器返回到金库正施工的年份，混在建筑工人中偷偷量几个尺寸就行了。虽然麻烦一点，但完全能做到。"

贼王冷冷地说："那你为啥不这样干？"

任中坚自嘲地苦笑："因为一种可笑的痼习：君子远庖厨。"

"啥？啥子刨锄？"

"孔夫子的话，意思是君子虽然也吃肉，但不能亲自杀生。我当然已经不是君子了，但有些脏事还是不想亲自干。"他看看贼王，"请原谅，我只是实话实说。"

贼王感受到侮辱，冷淡地说："没关系，就按先生的安排——你当黑高参,俺们去干脏事,反正俺俩的手早就脏了。老子才不耐烦既当婊子,又惦着立牌坊哩。"

黑豹也鄙夷地低声说:"神经病!"但二人显然消除了对任的怀疑。

任中坚对他的嘲讽不作反应,平静地继续交代:"再去购买一部经纬仪、一部激光测距仪、一部高度仪,一个指南针。这就够了。"

贼王在穿夜行衣。黑豹说:"师傅让俺去吧,杀鸡不用牛刀。"

贼王摇头:"不,这回俺亲自去。这是俺入道30年来最大一单生意,再小心也不为过。"他打开墙上一个秘洞,掏出一把手枪,擦去机油,检查了子弹,关上保险,揣到怀里。多少自嘲地说:"入道来俺从没用过它。老子是贼王,又不是强盗头。不过这回得带上,以防万一。"

钱八的豪华卧室。钱八正在开保险箱取枪,一边向妻子交代:"这段时间公司全部交你打理,俺得干件大事。这件事太重要,俺不放心交给手下人。阿娇那骚娘儿们太精,俺也不放心。"

他取出手枪,擦机油、上子弹、试枪栓。正在美容的妻子看见了,惊慌地说:"老八你要干啥?如今可不比年轻时,咱有家有业,有儿有女,可不能再动刀动枪!"

钱八嬉笑:"要是为了一万两黄金呢?"

"那也不值当!"

"咦,老婆你变修了,没有当年的生猛劲儿了,你这辈子算是完了。"

"少给俺嬉皮笑脸!俺是认真的。"

钱八嬉笑:"俺是开玩笑。"他把手枪放进保险箱,锁好。"睡吧睡吧。"

他去卫生间小便,一边抖着老二,一边对着镜子狞笑:"不值当动刀动枪?若是为一万两黄金不值,为十万两就值!"

黑衣人从银行大楼的楼顶向下滑,进入档案室。开锁,取图纸,动作富有韵律感。他用手机拍照图纸的标题栏并发送。

大楼附近的黑影里停着一辆汽车，任中坚和黑豹在车内。任中坚仔细观看了手机上的图样，低声对手机说："对，就是这套图。"

贼王取出图纸背在身上，锁好保险柜，悄然撤出。汽车绝尘而去。银行内平静如常。

贼王的巢穴内。三人端着方便面，任中坚认真地研究图纸。

傍晚。三人立在一处偏僻的河堤上，都穿着普通衣服。任用仪器量经纬度、测量与大楼的距离，指挥黑豹在河堤上砸下去一根铁标杆，说：

"从这里向正北走305米，就是金库的中心。"

黑豹："师傅，今晚就动手吧。"

贼王："听任先生的安排。"

"等一天吧。"他意态萧瑟，"容我同过去做一个告别。"

河边，月色清冷，柳枝依依。在诗一样的背景里，阿娇白衣如雪，依偎在任中坚怀里，幽怨深情地说：

"这些天，每天我都在这里等你。我有一个不好的预感，生怕你会陷在过去回不来。我不稀罕啥子黄金屋，我只要你。"

"放心吧，机器很可靠，我一定会安全回来。"

"还是让我陪你去吧。只有时时刻刻把你罩在眼里，我才放心。"

任中坚怜惜地说："不，那儿很肮脏。你是水晶般洁净的女人，是瑶池里的白莲花，我不能让你沾上一丝儿肮脏。"他同阿娇吻别，"安心等着我。"

两人在路口告别。阿娇目送他走远，掏出手机要通："八哥，不行，他还是不让我一块儿去，咱们再想别的办法吧。不不，不是怀疑我，还是那个原因——决不让我接触一丝儿肮脏。"她不耐烦地说，"谁骗你？这是他的原话嘛。"她摁断电话，低头打量自己。"水晶一样洁净？瑶池里的白莲花？"她自嘲地重复着，下意识地摇头。

三人站在河堤上，中间地上是那根标杆。风萧萧兮洧水寒。任中坚庄容说：

"现在谁想打退堂鼓还来得及。我的机器很可靠，但时间旅行毕竟有风险。还有，盗窃国库黄金，一旦被抓住铁定是死罪。"

黑豹不耐烦地说："扯淡，脑袋掉了碗大个疤！"

贼王认真看着任中坚的眼睛，自从两人接触后他一直在探索任的内心："任先生，俺俩这辈子早把脑袋掖裤带上啦。倒是你，一个读书人，咋会有这样的决心？"

任沉默良久，叹道："如今的世上有太多不受惩罚的、趾高气扬的罪恶，它们一点一点地毁了我的信念。"

黑豹不耐烦地低声说："圣人蛋！"贼王倒是受到触动。

"那好，现在就开始吧。回到哪一年？干脆回到1958年吧，那时候这片区域没有任何建筑，更保险一些。"

贼王笑道："行。回1958年还有一件好处呢，那时的人特傻，容易对付。"

任中坚在"目标时间"后输入：

1958年6月1日17：30：00。

光锥出现，罩住三人。光锥闪烁片刻后消失。三人定格在离地半米的地方，然后扑通一声摔下来。跌入水中。黑豹摔倒了，他挣扎起来，暴怒地骂：

"日你姥姥，你是咋整的？"

另外两人没有跌倒，水深只及小腿。原来基本与地面平齐的铁标杆现在高出水面半米。任中坚高举着时间机器，面色苍白："肯定是这50年间河道变化了。谢天谢地，时间机器没有掉到水里，万一引起短路……咱们就甭想回去了。"

贼王沉着脸说："回不回2010年倒不打紧，只要有黄金，哪儿没酒没肉没女人？问题是，恐怕金库也进不去了。"

任苦笑道："我能修复的，只是要费些时间，还需要找几件工具。"

贼王懒懒地说："以后小心一点儿。俺手下要是出了差池，都会自断手指来谢罪的。先生是读书人，俺真不想让你也少几根指头。"

任中坚眼神抖动一下,他很不习惯这样的粗暴对待,但忍着没有回敬。

惊定之后,三人的目光迅即被吸引到河对岸,那儿场面宏大,遍插红旗,人群如蚁,大多是中小学生,穿着短裤,男孩们都光着背,欢声笑语不绝。黑豹紧张地问:"这么多人,怕是有几万!在干啥?"

任简单地说:"淘铁砂。"

"啥子淘铁砂?"

"这是'大跃进'时期,钢铁元帅升帐,全民大炼钢铁。苦干15年,超英压美学苏联。这儿的河砂中有铁砂层,把铁砂层挖出来,平摊在倾斜的沙滩上,用水冲啊冲啊,轻的河沙被冲走,余下一薄层铁砂,再用竹片刮下来……我那年10岁,学校停了课,在这儿干了几个月。"

"一天能淘多少?"

"那时是按小组计算,一组四个人,大概能淘两三斤吧。"

黑豹嘲讽地说:"那不赶上金砂贵重了!"

贼王说:"少扯淡,干咱的正事。"

任用罗盘校准方向,正要领二人向北走,忽然河那边喇叭响了,是一个女孩兴奋的声音:

"实验小学四年级甲班五组今天创造了全市最高纪录:淘铁砂52斤!"

任突然浑身一震,转过身,痴痴地倾听。贼王等了一会,咳嗽一声。任从冥思中惊醒,有点儿难为情地解释:"广播上是在说我,那天我们小组很幸运,挖到一个特别厚的铁砂层,夺了全市冠军。"

黑豹问:"得冠军奖多少钱?"

"一分钱也没有。那时人们追求的不是金钱……"

黑豹鄙夷地打断他:"傻子!都是傻子!"

任横他一眼,懒得理他,沉下脸往前走。三人走到一片低洼的荒地,苇子长得十分茂密。任对着远处的标杆,用激光仪校准距离,用高度仪测量了海拔,抬起头说:

"就是这里了,这就是以后的金库中心。不过金库的正中心在地下,我们得挖一个深 2.5 米、直径 3 米的坑。"

黑豹不耐烦地说："那要挖到什么时候！"

任冷冷地说："必须挖。否则等咱们跃迁到 1988 年，就不是在地下金库，而是在一楼的房间里。那时你就等警卫来戴手铐吧。"

贼王冷厉地骂黑豹："你这两天豌豆吃多了？尽放闲屁！听先生的，快去找工具！"

黑豹笑嘻嘻地指指前边："不用找啦，那不，有人送来了。"

薄暮中四个小学生兴冲冲地穿过苇丛走来，三男一女，男的都赤着上身，脊梁晒得黑油油的，女孩衣服上打着补丁。其中两个男孩抬着空铁桶，其他两人拿着铁锨，一把铁锨上绑着三角形的冠军旗。扛旗的小孩圆脸庞、虎头虎脑，不时得意地舞一下旗帜。四个小猴崽热烈地喳喳着：

女孩说："咱们今天的纪录一定是空前绝后！"

"多亏小坚的贼眼。小坚，你咋知道那儿有厚铁砂层？"

扛旗的小孩嬉笑道："咱天生有贼眼呗。"

拿铁锨的女孩停下来，悄悄拉拉小坚的衣角："小坚哥，等俺一下。"

"英子咋的？"

她很难为情地说："俺憋不住尿了。俺怕黑。"

"胆小鬼！你去吧，俺等你。"

其余两人继续往前走。英子把铁锨交给男孩，往苇丛跑去，半路上回头说："你得让俺看到你。"

小坚不耐烦地说："妮子们真麻烦。俺就站这儿不动，你去吧。"

女孩躲到苇丛后解手，一边探着脑袋看男孩是否在原地。这边小坚没事干，也顺便尿了一泡。清澈的尿流浇在一个小土包上，冲走了浮沙，露出一个光溜溜的东西。小坚瞅见了，好奇地蹲下去，用铁锨在周围扒了扒，露出一个光溜溜的脑壳。再用铁锨敲敲，发出清亮的声响。小坚打算再住下挖，英子系着裤带跑过来，问：

"小坚哥你在干啥？"

"你看，一泡尿浇出一个石头脑袋，我猜是石敢当。"

"啥是石敢当？"

"过去立在庙前的石头人，按迷信说法它能镇鬼避邪。"

石头脑袋狞眉恶目，英子害怕地拉住小坚："镇啥子鬼，它自个儿才像恶鬼哩。你别挖了，行不行？赶明儿让大人来挖。"

前边在喊："任中坚，刘秀英，你俩在磨蹭啥？"

英子拉上小坚去追大家。

黑豹嬉皮笑脸地迎上去："娃儿们，借你们的铁锹用用。"

四个小孩停下来，犹豫地说："干啥？俺们得赶时间回城呢。"

黑豹舌头不打顿地说谎："知道吗？国家要在这儿建一座银行大楼，很大很大，得30年才能建成。现在，俺们得挖个坑看看土质。赶明儿银行建成了，你们是头一份功劳。"

四个人看看旁边摊着的建筑图，看看那个学者模样的老年人。小坚干脆地说："行，俺们帮你挖。来，咱们帮叔叔们挖。"

"不用不用，把铁锹借俺就成。"

小坚解下冠军旗，插在后腰。黑豹和贼王接过两把铁锹，起劲地干起来。沙土地很软，转眼间土坑已有一人多深。几个孩子饶有兴趣地立在坑边看着，不时向身边的任中坚问东问西，但任中坚显然不愿与"少年的自己"对话，只是简短地应付着，显得很尴尬，后来干脆躲到坑对面。在坑里挖土的贼王抬头看看小坚，声音极低地问任中坚：

"他就是52年前的你？"

"对。那个女孩后来是我妻子，六年前得绝症，走了。"

坑那边的小坚脆声脆气地问："叔叔，这座银行大楼要用上俺们淘的铁砂吗？"

黑豹快快活活地骗下去："当然，当然。你们淘的铁砂肯定用到最重要的地方，变成金库的大铁门。"

小坚咯咯地笑起来："才是胡说呢。那时人们的觉悟都极大地提高了，还要铁门干啥？"

另一个孩子说："对，那时物质也极大地丰富了，猪肉鸡蛋吃不完，得向各人派任务。"

英子发愁地说："那我该咋办哪，俺是天戒，一见肉就恶心。"

任听不下去，近乎粗暴地打断他们："天不早了，你们回家吧。"他缓和语气，"回去晚了，爹妈会操心的。至于你们的铁锨，我们用完就放在这个坑里，明天你们来拿就行。"

小坚爽快地同意了："行，反正明天还要来干活。叔叔再见，爷爷再见！"

"再见。"任在暮色中紧紧盯着52年前的自己，盯着伴他一生的妻子和两个儿时好友。孩子们走了，他还在沉闷地自语："孩子们再见。"

孩子们快乐地喧哗着，消失在苇丛遮蔽的小道上。万籁俱静，依稀听见孩子们不整齐的合唱：

太阳光金亮亮，雄鸡唱三唱。花儿醒来了，鸟儿忙梳妆。小喜鹊造新房，小蜜蜂采蜜糖。幸福生活哪儿来，要靠劳动来创造！

任中坚长久望着小道尽头。他的心声：

"真想再享受孩提时心灵的纯净，可惜，失去的永远不可能再回来，即使你握有时间机器。"

坑中的贼王时时抬头，用饱含阅历的眼睛悄悄探索着任的内心，但没有说话。年轻的黑豹看来没什么感悟。

土坑已经挖好，三人紧靠着立在坑中央，任说："现在，咱们要进金库了。"

三人面色平静，平静下蕴藏着极度的紧张。机器显示着：

目标时间：1988年9月15日21：30：00。

任要按下红钮，忽然想起一件事："黑豹，把两只铁锨扔上去，我们不能把它们带到金库。可惜，要对孩子们失信了，原答应把铁锨放到坑里的。"

黑豹把铁锨扔上去，鄙夷地低声嘟囔："神经病！金库都敢偷，还操心对小屁孩失不失信!"

任听见了,懒得理他。说:"咱们要去了。最后问一次,有没有人想改变主意?"

黑豹粗暴地骂:"姥姥的,已经到这一步了,还啰唆个屁!老子这辈子本来就没打算善终。"

贼王平和地说:"对,俺俩没啥可犹豫的,开始吧。"

任抬起头,留恋地看看洁净的夜空,按下启动钮。光锥出现并闪烁。

金库钢门外面,众多守卫和巡逻队。镜头越过厚厚的钢门,显示出金库内貌。这儿空间宽阔,寂无人声,几十盏水银灯寂寞地照着,没有一丝声响。

光锥出现并消失。三人定格在一米高的空中,然后扑通一声落到水泥地板上。三人站稳,急迫地四顾。敞开的货架上整齐地码放着无数金条,闪着妖瞳般的异光。贼王和黑豹喊了半声,下面的惊呼卡到喉咙里了。他们急急跑过去,捡起金光闪烁的沉甸甸的金条。贼王用牙咬了咬,软软的。没错,这是货真价实的国库黄金。黑豹咬咬自己的手指,不是做梦!

任仍站在原处,嘴角挂着冷静的微笑,像在旁观一场闹剧表演。黑豹狂喜地奔过去,把他拉到货架前:"你咋干站着?这会儿你还能站得住?任先生,你真是天下第一天才,俺黑豹真心服你啦!"

他手忙脚乱地从货架上拿金条:"师傅,这次咱们真发了,干一辈子,不,干十辈子也赶不上这一回。下边该咋办?"

贼王喜滋滋地说:"听任先生安排。"

任有条不紊地指挥着:"把那几个板箱搬到坐标原点,就是咱们原先站的地方,架高到一米。咱们必须从原来的高度返回。"

"行!"黑豹喜滋滋地跑过去,把木箱摞好。

"把金条码到板箱上。先搬100根吧。这台时间机器的功率不大,我担心过载。"

黑豹一愣,恼怒地说:"只拿100根?眼瞅着满库的金条,只拿100根?"

"试着来嘛,如果这次不过载,下次就多带一点儿。而且咱们可以随意返回，返回 100 次也行。"

贼王干脆地说："按先生说的办，凡事谨慎为好。"

金条码好到木箱上，黑豹数了数："100 根。"

贼王冷厉地说："黑豹，你怀中的五根没算？掏出来！"

黑豹惊恐地看看师傅，把怀里的金条掏出来，扔到远处地上，讪讪地想解释。但贼王没理他，因为贼王忽然想到一个主意：

"要不黑豹你先下去，少一个人的重量，可以多带几十根出去，最后一趟再接你。"

黑豹的眼睛中立即怒火熊熊！想了想，强抑怒气说："为啥不让任先生也下来？这样一次运的更多。"

任鄙夷地看看他，简单地说："我倒没意见，但这台机器只认我的手纹。"

贼王认为不值得浪费时间来解释，抽出手枪喝道："少啰唆，滚下去！"

黑豹的第一反应是向腰里摸刀，但半途停住了，因为枪口已经在他鼻子下晃动，而且对方毕竟是他师傅。他恨恨地跳下木箱，走到光锥之外，阴毒地盯着木箱上的两人。任叹道：

"胡先生，你这样做不合适。常言说生意好做伙计难搁，犯不着没来由地让他起疑心。咱们还是同进同出，多往返几次也就是了。"

黑豹很高兴，殷切地看着师傅。刚才黑豹在外人面前伤了他的脸面，贼王沉着脸，最终阴沉地说："上来吧。"

黑豹赶忙照办。光锥闪烁，机器运转正常。"我要启动了。"任说。

贼王说："启动吧——且慢，能不能回到 1967 年？"他仰起头努力回忆，"1967 年 7 月 10 日晚上 9 点，不，9 点 15 分。俺也想顺便……看一个熟人。"

"当然可以，只要是金库建成之前就行。"他输入这个时间，"我要启动了。"

光锥闪烁，他们在瞬间返回到 1967 年，仍旧定格在一米多的高处，然后落下。脚下的金条纷纷散落。周围景象略有变化，走前挖的土坑风化成一处洼地。金条落到茂密的草垫上。被惊动的青蛙扑通扑通跳到近处的水塘里。

黑豹赶忙伏下身收集金条。

左边是一条简陋的石子路，通向不远处的一群建筑，那里大门口亮着一盏探照灯，照得门前白亮亮的。大门被砖石堵死，只留下一个狗洞。院墙上写着一人高的大字：

"天派往前走一步，叫你女人变寡妇！！！横空出世宣。"

任苦笑："胡先生，你真挑了一个好时间。这儿是新建的农专，现在，1967年7月，正是武斗最凶的时刻。农专'横空出世'那帮小爷儿们都是打仗不要命的角色。咱们小心点，可别挨上一颗飞子儿。"

黑豹没有听他说话，显然有心事。贼王也有心事，紧张地期待着什么。不久，远处传来沙沙的脚步声，一个小黑影从夜色中浮出，急急地走过来，不时停下来向后边张望。

贼王突然攥紧任的胳膊。

小黑影凶猛地喘息着，步态踉跄，从他们面前匆匆跑过去，没有发现凹地的三个大人。那边传来大声喝叫：

"站住，不许动！"

小男孩站住了，清脆高亢的童声："喂——俺也是地派的，俺来找北京红代会的薛丽姐姐！"

那边恶狠狠地骂："这儿没薛丽，快滚！"

男孩的喊叫中开始带着哭声："俺是特地来报信的！俺听见俺爹和俺哥——他俩是天派的铁杆儿打手——商量今晚来农专抓人，他们知道薛丽姐姐藏在这儿！"

停顿几秒钟，一个女子用甜美的北京话说："小鬼，进来吧。"

从狗洞似的小门挤出来两个人，迎接小孩。小孩一下子瘫在两人身上，被拖拽进小门，随之一切归于寂静。

贼王慢慢松开手，从农专那儿收回目光。任低声问："他就是43年前的你？"

贼王苦涩地承认："嗯。俺那年11岁，是个铁杆小地派。那天——就是今天，俺听见抓人的情报，连夜跑20里路赶来送信……后来，天派武斗队真的来了,俺在农专要了一支枪参战。这条腿就是那一仗被打瘸的,谁知道是不是挨了俺哥俺爹的子弹。俺哥被打死了,谁知道是不是俺打中的。从那时起俺就没再上学,俺这辈子……俺是傻子,那时的人个个傻子!"

地平线有汽车灯光在晃动,夜风送来隐约的汽车轰鸣声。贼王的脸色阴沉,任也是目光苍凉。黑豹不耐烦地指着灯光说:

"八成是武斗队快到了,咱们快走吧,窝这儿挨枪子呀。"

贼王没理他。任中坚同情地低声说:"你想救出你哥?不行,即使有时间机器也不能让死人复活,那会对时空造成过强的震荡,甚至局部坍塌……"

贼王决绝地挥挥手:"不用你说,俺自个儿也明白这个理儿。咱们走吧。"

三人将100根金条分开携带,照罗盘的指引向正南方向走,来到草木葳蕤的河边,铁标杆那儿。远处已经是枪声一片。贼王从伤感中走出来,恢复了阴狠果决。"往下进行吧,抓紧时间多往返几次。"他问任,"返回金库前,得把这些金条处理好吧。"

"当然。"

"把它们放到什么地方?或者说放到什么年代?"

任中坚指指附近一处平地:"埋那儿就行,等金条凑齐后再返回咱们的年代。"

黑豹用手扒开浮沙,把金条埋好,在上面用草木覆盖,自语道:"娘的,可别让啥人给偷走。"

任不在意地说:"没关系。咱们既然有时间机器,就可以在任意时间返回,比如在刚埋下的瞬间就返回,没人能偷走。"他看看黑豹的表情,"时间旅行的机理你弄不明白,反正你尽管放心吧。"

黑豹的目光舍不得离开埋金条处,气哼哼地说:"行,就按你说的办——可你别捣鬼,俺爷儿俩眼里不揉沙子!"

任冷淡地看看他,没说话。贼王也没理黑豹,只是在埋金条的地方跺了几脚,插了三根短苇梃作为标记。

三人返回那片洼地即金库中心,任输入时间:

1988年9月15日21:40:00。

他解释说:"仍返回那天晚上,只是推迟 10 分钟。这是为了遵守第二条禁律,尽量避免与库内的咱们仨相遇,否则会把事情没必要地复杂化。喂,开始吧。"

三人在洼地中仍呈三角形站好。暗影中,黑豹眼睛里闪着凶光。光锥开始闪烁,黑豹忽然出手,凶狠地把贼王推出去!

晨色朦胧。小坚和英子蹦蹦跳跳走来,小坚后腰处还插着那面冠军旗。英子说:"咱们来得太早啦,天还没大亮呢。"

小坚:"我怕万一那个地方不好找,耽误咱们干活。"

那个土坑顺利地找到了。小坚看看坑底,生气地说:"没有铁锹啊。这些叔叔说话不算话!"他顺着坑边挖的台阶下去。

英子在坑外找:"小坚哥,两把锹都在这儿呢,让草遮住了。你上来吧。"

"咦,这是啥?英子你也下来!"他从坑里捡起一个小玩意儿——是那台时间机器!两人好奇地研究,尤其是那个手形凹陷。小坚好奇地把手放在凹陷上,机器立即光芒闪烁。小坚惊叫一声,扔掉它,光芒随之熄灭。他大着胆子捡起,再把手放进去,闪光又开始。这次小坚没有扔掉它,而是反复端详。机器另一面的屏幕上闪着字,小坚慢慢念着:

"返回时间?默认为出发时刻。"

"啥蹊跷玩意儿?揣摸这句话的意思,说不定这是时间机器!外国书上说过。"

英子也好奇地把手放到凹陷上,但机器并不闪烁。她很失望:"这个宝贝偏心!听你的话,为啥不听我的话。"

小坚仍在继续自己的思路:"没说的,一定是时间机器,可它是从哪儿来的?不不,应该说是从哪个时间来的?为啥它正巧听我的命令?"小坚想了想,做出决定,"要不,咱用它返回到那个出发时刻,查查它的老根儿,英子你说行不?"

英子害怕地拉住他:"谁知道那是啥时候?人生地不熟的,咱们别掉进去回不来啦。"

小坚满不在乎："没事的！你看，这机器听俺的话。"

神奇的光锥出现，把两人罩在其中。小坚惊喜，英子惊恐。光锥消失，两人也消失。

光锥消失后一声闷响，贼王的身体撞上铁架。黑豹刷地跳开，面色惨白地盯着贼王。贼王疾速转过身，目光阴毒，右臂动了一下，分明是想拔枪，但却无法动弹，原来右臂的下部与一根铁管重叠了。他急换左手掏枪，但黑豹一步跨过来，按住贼王的左臂，从他怀中麻利地掏出枪，退后一步，用枪指着二人的脑袋。

惊定之后，三人呆呆地盯着贼王的右臂。那只胳膊与铁架交叉，焊成一个斜十字。交叉处完全重合，铁管径直穿过手臂，手臂径直穿过铁管。这个奇特的画面完全违反人的视觉常识，显得十分怪异。被铁管隔断的右手做着抓握的动作，但右臂无法从铁管那儿拉回。

贼王先弄明白是咋回事，苦笑着："任先生，你说的第一条禁令。在俺身上兑现了。"

黑豹也明白了，长出一口气，冷笑道："师傅，对不起你老了。可你刚才掏枪逼俺一个人留在金库时，也没念及师徒情分。"

贼王根本不理睬黑豹，苦涩地问任："任先生，有办法吗？"

任面色苍白，走过来仔细检查贼王的右臂，表情沉重地摇头。

光锥消失，两个孩子出现在金库中。他们也是从一米高的空中坠下，落地后身形比较怪异。画面定格，两个小身体都与货架的铁管呈大角度交叉，观众在看过贼王胳臂那个画面后会感到惊心动魄。

英子惊恐地四顾："这是啥地方？这么大房子，没一个人，没一点儿声音，静得像千年古坟。小坚哥，俺怕。"

两人想站起，但都站不起来。英子害怕地问："谁在拉俺的头发！"

小坚说："是货架的铁管，俺的衣服也被粘住了！"他用力扯破衣服，沮丧地说，"完了，衣服撕烂了，回家准挨打！"英子也用力拉断头发。

小坚好奇地研究挂着衣服残片的地方。残片显然不是被粘着，而是嵌在铁管中。英子的头发也一样。小坚摸摸铁管，奇怪地自语："也不粘手哇。"

黑豹不耐烦，对任厉声喝道："少啰唆，俺搬金条，你调机器，抓紧时间多跑几个来回！"

任问："你师傅咋办？"

黑豹冷笑道："他老人家……只好留在这儿养老了。"

任愤怒地说："不行，一定得想办法救他。黑道上难道不讲道义？"

"讲义气？那得看时候。现在就不是讲义气的黄道吉日。照俺说的办！"他恶狠狠地朝任扬扬手枪。任干脆地说：

"不，我决不干这种缺德事。想开枪你就开吧。"

黑豹怒极反笑："咋，俺不敢开枪？你以为做贼的不敢杀人？"

"那你开枪好了。不过我提醒你，这架机器有手纹识别系统，只听我的命令。"

贼王注意地盯着任中坚，表情冷漠，但目光深处分明有感激。黑豹阴鸷地盯着任的右手。任冷冷地戏弄他："要不把我打死，砍下右手试试？我没试过，说不定管用的。"

黑豹犹豫片刻后决定退让，歉意地说：

"其实，俺也不想和师傅翻脸，要不是他刚才……任先生你说该咋办，俺听你的。"

"先把手枪交给我！"他补充道，"你放心，我不会把枪交你师傅。"

黑豹想了想，痛快地把枪递过去。

任把手枪揣好，走过去，沉痛地看着贼王："没办法，胡先生，只好把你的胳臂弄断了。"

贼王强自镇静地笑道："自打入贼道，俺就没打算落个囫囵身子。砍吧，黑豹那儿有刀。"

黑豹掏出刀子。任摆摆手："总得有麻醉药和止血药，最好用手术锯。这样吧，我一个人返回过去，然后带着东西回来。"

黑豹立即大声说:"不行!你不能一个人回去!"他转向贼王,"师傅,不能让他一个人离开。他拍屁股一走,谁敢说他回不回来?让俄去摽着他!"

任鄙夷地看他一眼,静等贼王的决定。贼王略微思考,大度地挥挥手:"任先生你去吧,俺信得过你!"

黑豹还想争辩,贼王用阴狠的一瞥把他止住。任感激地看看贼王,低声说:"谢谢你的信任,我会尽快赶回来。这次我回到……1978年吧,那时的国家经济已经开始恢复,药品好找一点。喂,你们退到光锥之外。"他独自站到木箱上,开始输入时间:

1978年9月15日21:00:00。

唰的一声,金库消失了,他定格在空中,然后落到草垫上。脚下仍是一个浅浅的洼地。往远处看,原来的农专扩建了,门口是新校牌:"中原农学院"。上面是巨大的横额:"欢迎七八级新生入校"。墙上的标语显示着那个时代的声音:建设四个现代化;向科学进军;科学有险阻,苦战能过关;等等。楼上灯光通明,夜风送来琅琅的英语读书声。

任满腹惆怅,呆呆地盯着校门口。那儿幻化出三个人,29岁的任秀英背着两岁的女儿,步行送丈夫入校,29岁的任中坚背着行李,拎着书包。三人衣着寒酸。秀英温柔的声音:

"三年文革,八年知青,好容易才圆了你的大学梦。好好学,学出个名堂。别操心俺娘俩和你爹妈,俺会照顾好的。来,乖乖亲亲你爹。"

他与女儿吻别,看看旁边没人,迅速亲吻妻子。妻子虽然怕外人看见,但表情显然很受用。亲吻持续很长时间,然后三人分开,29岁的任中坚走进校门。

那边的幻影慢慢破碎。老年任中坚伤感地摇摇头,走进大门。他熟悉地找到学校的兽医站,敲开门。开门人狐疑地看着他。任中坚向他说着什么,那人使劲儿摇头。任掏出手枪胁迫,那人被迫找出一把钳工锯,一些药品针管等。任带上东西出门,光锥出现,闪烁后消失,留下目瞪口呆的兽医。

画面分割,一边是任中坚在荒野洼地里正调校时间机器;一边是金库内,贼王和黑豹正在火并。黑豹的额上鲜血淋淋，手中握着刀子，而贼王正凶狠地用左手把一根金条掷向黑豹的脑袋，黑豹歪头躲闪。分割的画面合一，飞在空中的金条与跃迁回金库的任中坚以慢动作叠合。画面定格。

任中坚的身体陡然一震，沉重的冲力使他向后趔趄一下，勉强站住脚步。那根金条生生地插在他的胸口。画面显出金条和心脏互相叠印的半透明轮廓，金条后半部插在心脏中。画面实体化，现在只能看到任的身体和体外露出的半根金条。

三人都僵在这个画面里，呆呆地望着任的胸前。原来怒目相向的贼王和黑豹此时完全惊呆，时间一秒秒地过去，密室中跳荡着任的心跳声：咚，咚咚，咚，咚咚……尾音带着金属的清亮。

任终于抬起头，苦笑道："不要紧，我死不了。物质间有足够的空间可以互相容纳，金条并不影响心脏的功能。"他瞪着两人厉声喝道："你们两个混账东西！只知道你砍我杀，不想活着出去了？"

黑豹指指脑袋低声辩解："这回是师傅先动手，差点儿用金条把俺砸死……皇天在上，以后谁再操歹心，叫他遭天打雷劈！"

贼王也消去目光中的歹毒，沙声说："俺俩这次算扯平了，以后听先生的。来吧，锯俺的胳膊吧。"

任走过去，先用药棉擦净黑豹头上的血迹，然后为贼王注射麻醉剂，用酒精把锯片消毒。又撕去贼王的衣袖，在铁管上方的胳臂上消毒。在任中坚干这些工作时，他胸前凸出的半根金条一直怪异地晃动着，那是一个恐惧之源，三个人都尽量把目光躲开它。黑豹拎起锯子锯起来，贼王脸色惨白，刚强地盯着鲜血淋淋的右臂。锯了几锯，任忽然醒悟，急迫地喊：

"慢！慢！"他苦笑道，"干吗锯胳膊，把铁管两端锯断不就行了？留下的铁管不会影响胳膊的功能，就像我心脏中的金条一样。都怪我，忙中出错。"

贼王盯着右臂上已经很深的锯口，显然很恼怒。不过他很快抑制了怒气，平和地说："不怪你，俺自个儿也没想到。"

黑豹于是改为锯铁管，锯断上边再锯下边。现在，贼王的胳膊鲜血淋淋，伤口处留着铁管的断茬，画面狞恶，令人不敢细看。任中坚为他上止血药,包好。贼王活动一下右臂和右手,动作并不受影响。他眯上眼睛喘息片刻,睁开眼睛说:"谢天谢地,这个吃饭家伙算保住了。如今俺的事完了,任先生,你的……该咋办?"

"先出去再说。黑豹,你去搬100根金条,不,150根吧,上次的100根看来不过载。"

金条码好后,贼王和任中坚互相搀扶着登上木箱,站在金条上面。黑豹也上来了。任调好机器,光锥闪现。

金库内,两个小孩儿的好奇心已经战胜了最初的惊惧,瞪大眼睛望着满屋的黄金。

英子:"小坚哥,这么多黄灿灿的棍棍儿,是啥玩意儿?"

小坚拿来两条仔细端详,互相敲敲,发出清脆的声响。"听这脆声儿!一定是黄铜。"

英子接过那两根金条,仔细观看,也敲了几下:"干吗存恁多黄铜,黄铜有啥用处?"

"做铜锣啦铜钹啦,送葬时吹得响响啦。"

"那能用多少。国家说大炼钢铁,没说大炼黄铜。"

小坚迟疑地说:"要不……是金子?听说银行印钞票前,都得先储备足够的黄金。噢对了,那三个借铁锨的大人说过,这块地儿要盖银行,那这儿一定是银行的金库。"

"你才胡扯呢,金子哪是这个样的,戏里你没见过金元宝?像个笔架,两头高,中间高,肚子鼓鼓的。"英子认真比画着。

"你才傻!金子不一定非得铸成元宝,也有金砖和金条。"

英子仍不服。"世上哪有这么多金子?金子很贵的,俺奶有一个很小的金戒指,卖了,管了俺好几年学费。这么多金子,能打多少金戒指啊,全国学生的学费也用不完。"她忽然惊慌地喊:"啊呀,血!"

一处铁架被上下锯断,缺口上有血迹。地上也有不少血迹。小坚小心地用手指试试,血已经黏稠,但还没干透。他紧张地检查英子的脑后,检查自己的后腰,都没发现伤口。他很纳闷:"真的,这么多血,从哪儿来的?"

"小坚哥,俺怕血。"

小坚不耐烦地说:"就你胆小!又怕天黑,又怕血。别怕,有俺呢。"

"你听,好像有人在喘气!"

小坚也开始紧张,仔细倾听着。两手各握紧一根金条当武器,紧张地搜索。"没有啊,你听岔了吧。"

英子很害怕,躲在小坚身后:"我怕,我怕。咱们快离开吧,用你那个机器快离开吧。"

对周围觉得新奇的小坚不想走:"别急,俺还没弄清这是不是金库呢。"

他的前方,货架后面,赫然是两具鲜血淋淋的尸体。尸体的脚部露在货架这边,已经进入小坚的视野。英子一迭声地央求:"走吧,这儿阴森森的,咱们走吧。"

两只死人脚被什么人缓缓拖入暗影,小坚没有发现。他耐不住英子的央求,在货架拐角处停步。"妮子们真烦人,胆子小得像针鼻儿。好吧,咱们走。"他指指那摞板箱,"站到那个板箱上吧,刚才咱们就是从那么高的地方摔下来的。"他把两根金条顺手交给英子,然后掏出时间机器。屏幕上的字:

返回时间?默认为出发时刻。

他按下红色钮,光锥闪现,两人消失。

贼王等三人回到1958年,回到那个新挖的土坑而不是洼地,再分别带着金条爬上坑岸。两把铁锨仍躺在坑边的草丛中,任想了想,让黑豹把铁锨拿上。他们向南步行300米到河边。仍是傍晚,河边空无一人。那柄稍稍露出地面的铁标杆仍在,但不远处应该埋金条的地方没有三根苇梃。黑豹人惊,忙伏身在那一带扒开虚沙,找不到金条。黑豹和贼王脸色突变,黑豹掏出刀子,凶恶地逼近任中坚:

"上次埋的那100根呢?你搞什么鬼?"

任中坚冷冷地说:"你没长脑子吧,上次是埋在1967年,现在咱是回到1958年。"

两人恍然大悟，难为情地嘿嘿笑着。任中坚放缓口气说："别担心，丢不了的。"

黑豹转为兴致勃勃："师傅，这次带出的咋办？埋这里吗？"

贼王没理他，看看任中坚胸前突出的金条："任先生，先解决这个玩意儿吧。也用锯子？"

任苦笑："只有如此了，带着它太晃眼，没法儿回到人群中。"

"埋到你心里的那半截……咋办？"

"毫无办法，后半辈子我只能带着它了，就像你得带着那截铁管。不要紧，我看它并不影响心脏的功能。"

贼王怜悯地久久看他，突然眼睛一亮："有办法了，你干吗不用时间机器返回到金条插入前，再避开它？"

任苦笑着摇头："理论上可以，实际不可行，就像刚才你无法救出你哥那样。一时给你解释不清……黑豹你动手吧。"

黑豹拿起锯子，平行于任的上衣小心地锯着。衣服被锯齿挂破，胸口处鲜血淋漓。锯口逐渐变深，金灿灿的锯屑飘飘扬扬。终于锯断了，任哧哧地撕下破烂的上衣。现在他的胸口嵌着一个金光灿灿的长方形断面，断面稍高于皮肤，但其四沿与皮肉结合得天衣无缝。贼王让黑豹脱下上衣为任穿上，遮住那个令人恐惧的伤口。

经过这番意外，任和贼王的外表都比较狼狈，表情都显阴郁，只有黑豹仍很亢奋，手里握着锯下的半根金条，急不可耐地说：

"师傅，接着整吧，返回金库再运几次！"

贼王简短地回答："听任先生的。"

任说："依我看，先把这 150 根金条，还有上次的 100 根，分别转运到咱们的年代吧，免得你俩心里不踏实。来，靠紧我，黑豹把铁锨也带上，到那边用得着。"三人随身带着金条靠紧，任中坚高高举起时间机器，屏幕上显示着：

2010 年 9 月 15 日 21：00：00。

光锥闪烁，三人掉落在河堤之外的一处草地上。

晚上，河边没有闲人。离河堤不远停着一辆豪华车。右座上，白衣如雪的阿娇用望远镜观察，表情有点儿急躁，驾驶位的钱八则心平气和地玩着手枪。

阿娇："八哥，咱们等这么久了，那老东西还不露面。会不会怀疑我了？"

钱八笑嘻嘻地调侃："哪能呢，忘了他怎么夸你的，水晶一样纯洁？瑶池里的白莲花？"

"那……他会不会又有了新相好？他要是已经弄到万两黄金，哪儿找不到漂亮女人。"

"干吗这样不自信？放心，他的魂在你手里勾着呢，这一点儿俺绝对有把握。所以嘛，俺只要看紧你，铁定能找到那老东西。"他笑嘻嘻地说，"你甭想打主意甩掉老子。"

阿娇恶狠狠地瞪他一眼，把脸转向车外继续观察，忽然惊喜地喊："他出现了！还有两个帮手，带两把铁锨！"

钱八迅速夺过望远镜。镜头内，三个人出现在一片草地上，正往外掏金条。钱八调清焦距，狂喜地说："真的是金条，黄灿灿的金条！有百十根！那老东西真干了！"

阿娇又夺回望远镜："那俩帮手可不像善茬，铁定是黑社会的。你看，那个年纪大的胳膊受伤了。"

"姓任的胸前也有血。他腰里是啥？手枪！他们偷黄金时杀了人？"他有点心惊胆战，"这老家伙，改行当坏人还学得真快啊。"

"他们在挖坑埋金条，埋好了。咦，他们咋消失了！"

钱八又夺过望远镜，三人真的消失了，只余下三根做记号的苇梃安静地竖立着。阿娇紧张地说："咱们咋办？趁机会把金条偷过来？等他再回来就麻烦了，他可是带着两个打手，还有枪。"

钱八紧张地观察着，忽然说："咦，那三个家伙又回来了！又在往外掏金条，比上回还多！又在埋呢。"他笑嘻嘻地，"咱们不着急，容他们多偷几回。等金条攒够了，咱们再动手不迟。"

那边，三人细心地踩平地面，贼王照旧插上三根苇梃当记号。黑豹亢奋地说：

"好了，抓紧时间再走几回，这件活要做，就做个痛快！"他忽然想起与贼王的嫌隙，谄媚地说，"当然得看师傅的身体。师傅你咋样？"

贼王没理他，扭头关心地问任："任先生，你的心脏没事吧。"

任没有回答，转过身望着夜空，忽然陷入奇怪的沉默。他的背影似乎在慢慢变冷变硬。贼王和黑豹都感觉到这种变化，疑惑地交换着目光。停了一会儿，任中坚回过头，面无表情地说：

"我没事。黑豹说得对，咱们多返回几次，要干就干个痛快。"

光锥闪现并消失。

光锥消失，小坚和英子出现在土坑中，晨色朦胧，头顶是亮晶晶的星空。英子深深吸一口气，兴奋地说："出来了！总算出来了！咱们又回到1958年了。那个啥子金库，活脱是座千年老坟，阴气森森的，还有那么多鲜血，吓死人了。"

"咦，你咋把金条拿出来了？"

英子看看手里的两根金条，不服气地说："怪你！你那会儿拿它当武器的。后来你调机器时顺手给俺了。"

小坚严肃地说："它要真是国库黄金，可不能私自拿出来，犯法！"

"那该咋办？"

"必须还回去。"

英子害怕地拉住小坚："不，俺不想再回那儿。上次咱们碰见血，这回说不定会碰上死人哩。咱不回去，一会儿等老师来，把金条交老师就行了。"

小坚直摇头："你真是个傻妮子，这是多少年后的金库里的金条。你把它交给今天的老师，他也没办法还给正主儿啊。"

"那该咋办？反正俺不回那儿。"

"俺一个人回吧，你在这儿等着俺，俺一会儿就回来。"

英子赶紧拉住他的胳膊："不行，俺害怕！"她低声说，"俺也怕你出事。

金库里那么多血，俺想想就怕。"

小坚思索一会儿，忽然高兴地说："有办法了，干吗非要回到金库里面？从这儿往外走二三百米，肯定出了金库的范围。咱从金库外回到那时候，把东西交给金库外的门卫，不就行了？对，就是这个法子！"

英子犹豫着："你说的……兴许行。"

"肯定行。来，咱们说干就干！"

两人走出金库，顺着三个黄金大盗踩出的小道往南走，正好走到有标杆的地方。小坚说："行，肯定已经出金库范围了。咱们回到那时候吧。"

他把手放到时间机器上。光彩闪烁，屏幕上显出：

返回时间？默认为出发时刻。

小坚想了想："这个'出发时刻'是哪一年？咱们既然要到将来，干脆走得远一点，走到50年后，走到21世纪，行不行？"

"你真是属猴的！一会儿也不安生，胆子大得没边。别胡整啦，弄不好咱就回不来了。"

"难得捡着这个宝贝，咱们尽量用它开开眼界嘛。到50年后，肯定已经是老师说的：耕地不用牛，点灯不用油。楼上楼下，电灯电话。还有，咱俩都60岁了，都儿孙满堂了。"

英子很害羞："谁和你儿孙满堂！"

小坚有点尴尬："俺不是说和你……"他想这话也不合适，忙改口说，"也不是说和别人……俺也就这么顺嘴一说……"他不耐烦地说，"不扯了。你痛快说去不去吧，你不去俺自个儿去。"

英子犹豫着："那就去吧——可得说好，你得保证咱俩能回来。"

"俺保证。这机器上辈子是俺家养的巴儿狗，特别听俺的话。"屏幕上的"返回时间"自动改为"目标时间"，小坚在其后输入：

2010年9月15日21∶30∶00。

光锥闪现并消失。

暮色中，钱八和阿娇借着苇丛的掩护，小心地向埋金地逼近，钱八高度紧张地端着手枪，阿娇声音极低地警告：

"小心！他们有时间机器，有可能在任何时间突然出现。"

钱八很清楚这个危险，但黄金的诱惑更大。他终于冒险爬到那儿，在苇梃处匆匆扒开浮沙，下面赫然是整齐码放的金条。钱八狂喜，拿起一根看看，迅速放回，把那儿恢复原样。两人撤回苇丛，他向阿娇点头：

"确实是国库黄金！"

阿娇也非常亢奋："咱们把它运走？"

钱八思索片刻，阴狠地说："咱先藏这儿等着！俺不光要金蛋，还要下金蛋的母鸡！"

"你还是想弄到那台时间机器？"阿娇目光滚动，显然在打自己的主意。"能弄到当然更好，可他如今不是孤身一人了，有两个打手。"

钱八冷笑："怕个屌，老子是经过大场面的。再说他们在明处，咱们在暗处。"

阿娇忽然低声警告："瞧，他们回来了！咦，不是他们，是俩小屁孩儿！"

光锥闪现，光锥内的人实体化，是两个又兴奋又紧张的小孩，都高举着闪闪发亮的东西，男孩后腰处别着一面旗子。

阿娇用望远镜观察着，很震惊："时间机器！钱八，男孩举着的那玩意儿就是时间机器！女孩儿手里……是两根金条！看来他俩肯定进出过金库。"她十分不解，"时间机器咋落到俩小屁孩儿手里？他俩从哪个石头缝里蹦出来的？"

钱八夺过望远镜仔细观察。"看，那男孩的手还放在手形凹陷上，看来那玩意儿认他的手纹。"

阿娇震惊地摇头："不可能！姓任那老家伙说，世上只有俩……只他一人能启动这台时间机器。"

钱八似乎没听见阿娇在震惊中的口误，回头狞笑道："怎么不可能！知道那俩小屁孩是谁吗？你不会认得的，可我认得，俺们是多年的老邻居嘛。"

"他们是——"

"那男孩是大约十岁的任中坚，女孩是同样岁数的刘秀英，就是他后来的老婆，你满嘴喊秀英姐的那个。这下热闹啦，小任替老任登台啦。难怪那机器认他的手纹。"

"可那三个黄金大盗呢？这件宝贝性命交关，他们绝不会平白交给俩小屁孩儿。"

"不知道。既然时间机器换了主儿，你那老相好多半出了事，回不来啦。"

"只要金条和时间机器在这儿，他回不回来关我屁事。"

"哈哈，这个局面对咱太有利了，俩小崽子总比仨大人好对付。又是从50多年前来的，那时候的人特傻。咱们一定能从他们嘴里套出阿里巴巴的口令。"

小坚和英子敬畏地看着四周。他俩所处的地方很偏僻，但视野所及的景象已经传达了足够多的现代化气息。远处那幢造型奇特的银行大楼灯火辉煌，一道光剑在夜幕上不停地滑过。四周霓虹灯光如梦如幻，公路车灯如不间断的光河。近处的河水中映着整齐的滨河街灯。两人下意识地紧紧靠着，眼前的世界太陌生太强大，他俩是对方唯一的依靠。

两双瞳仁中反射着现实世界的强光，两人几乎合不拢嘴巴，喃喃地说：

"太美了！咱们是在梦里吧。"

"简直是神话世界！"

"英子，不后悔跟俺来这一趟吧。"

"不后悔！"

在后边的暗处，两双灼灼的狼眼一直跟随着他们。

金库里，黑豹熟练地在板箱上码放金条。胳膊受伤的贼王旁观，任中坚则始终以背影对着他们。贼王感觉到他的异常，默默地打量他的背影。

黑豹："这次能不能再多带几根？"

任没有回头："好的，这次带 200 根吧。"

黑豹又放了一些。"200 根。堆好了，返回吧，任先生和师傅，你们先上。"

任中坚凝立不动。贼王轻声喊:"任先生?"

任又沉默很久,慢慢转过身来,手里赫然端着那把手枪,机头扳开。他目光阴毒,如地狱中的妖火。

画面返回到刚才的镜头。野外,任望着夜空,陷入奇怪的沉默。他的背影似乎在慢慢变冷变硬。贼王和黑豹在他身后疑惑地交换着目光。画面深入到任的内心,显出心脏和半根金条互相叠印的轮廓。金条的轮廓忽然碎裂,闪亮的金原子在心脏范围内横冲直撞,然后充盈了整个心形区域。心跳声越来越显出金属的高亢清亮。

画面回到金库里。枪口下的两人惊呆了,贼王最先醒悟,苦笑道:"是俺该死,这回俺真的看走眼了。"他对黑豹说,"他想灭了咱俩,独吞这些黄金。"

黑豹恶狠狠地瞪着任。任目光冷漠,一声不响。

贼王苦笑着连连摇头:"俺真看走眼了。自打进了黑道,老子没有真正信过一个人,可这几天竟然信了你!任先生,你的演戏功夫真高啊,俺佩服你,真心佩服,像你这样脸厚心黑的人才能办大事。"

任中坚仍旧冷然不语。黑豹作势要扑上去。贼王用眼色止住他,平和地说:"不过,任先生,你不一定非要杀人不可。俺俩退出,黄金完全归你还不行吗?多个朋友多条路。"

任冷笑:"多一个仇人呢?你们只要活着,一定不会忘了对我复仇吧。你看,这么简单的道理我到现在才想通——在黄金融入心脏后才想通,这要感谢黄金的魔力。"

贼王惨笑道:"没错,你说得对。换了俺也不会放仇人走的,要不一辈子睡不安稳。"他对黑豹叹道,"其实不是俺看走眼,这人已经不是原来那个任先生啦,原来那颗肉心刚刚换成又冷又硬的黄金心。"他朝黑豹使个眼色,两人暴喝一声,同时舍命扑过去。

两声枪响,两具身体从空中跌落。任警惕地走过去,踢踢两人的身体。黑豹死得干净利落, 颗子弹正中心脏。贼王还没死,用左手捂住肺门处,在临死的抽搐中吐着血沫。任踢他时,他勉强睁开眼睛,哀怜无助地看着任,鲜血淋漓的嘴唇翕动着，显然是在做最后的恳求。

任犹豫片刻，枪口指着贼王的脑袋，警惕地弯下腰，把耳朵凑近他轻轻翕动的嘴唇。忽然贼王的眼睛就像汽车大灯一样唰地睁大，他以猞猁般的敏捷伸出右手，从任的怀中掏出时间机器，用力向地上摔去。"去死吧！"他用最后的气力仇恨地喊。

任一时愣住，眼睁睁地看着他举起时间机器……但贼王包着绷带的胳臂在最后一刻僵住了。最后的狞笑凝固在他的面容上。

任怒冲冲地夺过时间机器，毫不犹豫地朝胸膛补了一枪。

时间机器上鲜血淋淋，他掏出手绢匆匆擦拭一番。侧耳听听，金库内外仍然安静如常，外面听不到里面的枪声。他爬上板箱，站在金条的基座上，开始调校时间机器。嘴里喃喃地说：

"阿娇，我的天使，我晚年的灯塔。我马上就回去。你的黄金屋已经打造好了。"

机器闪烁，但机器内有微弱的噼啪声，然后光彩熄灭。他立时跌进恐惧中，看看时间机器，再次把手放进手型凹陷中。这次没有任何动静。

一声深长的呻吟。画面深入到机器内部，一条细细的血流流入内部，激起一点小小的火花。那是贼王的血，它让机器短路了。

任中坚绝望地四顾，如陷阱中的困狼。他喃喃地说："阿娇，我被困在这里了，回不去了。"他苦笑道，"也许世上毕竟还是有报应？可为啥只用到我身上？"

长久的死寂。任忽然冷笑道："还没完全绝望呢。再过一会儿，40岁的任中坚就要进来了，那应该是个机会。"

他恢复了镇静，爬下板箱，来到库门前，靠在墙上假寐，手枪紧握在手中。他睡着了，睡得相当香甜。

小坚催促英子："走啊，咱们到那边去看看，到21世纪看看。"

英子犹豫着，不敢贸然迈入那个陌生世界："小坚哥，俺总觉得那边是天上，咱们是凡人，没资格进去。"

"硬着头皮也得进,咱不能白跑一趟。"

英子鼓起勇气,拉着小坚准备往前走。突然前边有人挡住他俩。是钱八和阿娇。两人笑容满面,衣着华贵,与俩小孩相比,确实是未来世界的人物。

阿娇用甜美的普通话说:"欢迎二位来到50年后的世界。你叫小坚,大名任中坚;你叫英子,大名刘秀英。我没说错吧。"

两个小孩怀疑地望着两个大人:"阿姨你是谁?叔叔你是谁?"

"我们是21世纪派来迎接你们的代表。这位——你们就喊光头伯伯吧,我是白莲花阿姨。"

"叔叔阿姨好,你们知道俺俩要来?"

钱八:"小坚,你手里拿的是一部时间机器,对不对?"

"俺猜它是的。"

英子:"可怪了,它认小坚哥的手纹!不认俺的。"

钱八拿出手机,调出老年任中坚的画面:"是这位老先生送你的吧。"

两人盯着画面,但他们首先对手机产生了浓厚的兴趣:"光头伯伯,这是啥玩意儿?"

"是手机。"

"啥子叫手机?"

阿娇一愣,悟到两人从未接触过手机,便解释道:"就是不用电话线的电话机,可以随时带在身上,给全世界打电话。也可以当照相机、录音机和收音机用,还能往外发短信、传照片、下载音乐,用处可多了。"

两个孩子听得似懂非懂,惊喜异常,翻来覆去地端详手机:"太神奇了!""东海龙王也没有这样的宝贝!"

钱八和阿娇没料到手机会带来这样的意外效果,很高兴。钱八说:"喜欢吗?喜欢就给小坚了!阿娇……白莲花,你的女式手机给英子。"

两人看着在眼前晃动的手机,如在做梦。但小坚把双手背到后边,说:"俺不能要。俺爹娘说,小孩儿不能随意接受别人的礼物。"

英子也背过手拒绝:"俺也不要,尤其是这样贵重的礼物。"

阿娇:"哪里算贵重,现在手机已经普及了,人手一部。再说,等一会儿我们还要你俩帮一个大忙哩，你们不要手机就是拒绝帮忙。"

两人硬把手机塞过去。钱八说："小坚，你还没回答俺的问题呢，是不是这位老先生送你的时间机器？"

"不是。不过俺俩见过他。"

阿娇急急地问："在哪儿见过？"

"淘铁砂回来的路上，他和另外两个叔叔借俺们的铁锨挖坑，察看土质，说是那儿要建一个大银行。这台机器就是俺俩第二天早上，在那个土坑里捡的。"

钱八和阿娇交换着欣喜的目光。钱八继续问："英子，你手里拿着两根国库金条。从哪儿来的？"

"俺俩去金库时带出来的，可俺是无意的。"她认真强调，"俺俩为啥来到2010年，就是想把金条还给银行。"

"真是拾金不昧的好孩子，我们代表21世纪感谢你们。"钱八似乎随便地问道，"可俺无论如何想不明白，时间机器又不能穿墙，你俩咋着就'无意中'进入金库，又咋样'无意中'带着金条出来？"

两人紧张地等着这个"阿里巴巴的口令"，目光中有掩饰不住的贪婪。但小坚毫无戒心，满不在乎地说："太容易啦，一说你就明白，这方法也是俺自个儿琢磨出来的。"

两个孩子兴致勃勃地摆弄手机，钱八和阿娇站在稍远处密语，神情兴奋。钱八指着这边说了几句话，阿娇点头。两人走过来，阿娇用甜美的声音说：

"孩子们，你们是从52年前来的，想不想听听你俩这52年的人生？"

两个孩子喜出望外："当然想啦！白莲花阿姨，快告诉俺们！"

"先要恭喜你们，你俩长大后结婚了，如今已经是儿孙满堂。"

英子兴奋地脱口说："他——还真蒙对了！"她红着脸向两人解释，"出发前小坚哥正好说过这句话。"

小坚被捅出"丢人事"，很尴尬："瞎说，俺那时不是说和你……"他索性不解释了，"就算我蒙对了，中不中？"

"小坚成了出色的技术专家,这台时间机器就是他研究成功的。你们遇到的那个老年人就是52年后的任先生。"

"真的?"

"这部机器只有任先生的手纹能启动它,当然小坚也能。"

"真的?"小坚充满自豪,旋即怀疑:"可是——俺肯定会让机器也听英子的话啊,俺俩既然是一家,咋会拿她当外人?"

英子被提醒,眼中开始盈出泪水。以她的年龄还联想不到婚变等悲剧,但她从直觉上觉得这不是好事。钱八和阿娇很意外——以他们的"狼性思维"根本料不到小坚会有这样的疑问并当着英子的面说出来——紧张地交换眼神。仓促中阿娇只好说了实话:

"英子你别难过,唉,本不想告诉你们的——任先生从没拿秀英姐当外人,但秀英姐在54岁那年得绝症去世了,这台机器在她去世后才研制成功。"

小坚愣了,看着英子,眼中开始盈出泪水。英子想了想,反倒不哭了:"俺奶常说,人的命天注定,活得长短,那是没法子的事,小坚哥你别难过。只要你一直不拿俺当外人,俺就高兴了。"

钱八沉痛地说:"还有一个坏消息。"

两个小孩很紧张:"啥坏消息?光头伯伯你快说!"

"不久前,任先生做实验时出了一次大意外,不小心把国库的黄金带出来很多。你们看!"

他领两个孩子走到那个地方,扒开浮沙,露出整齐码放的黄金。两个孩子非常震惊,小坚说:

"难怪!"他向钱八解释,"俺俩在金库时,发现有些货架是空的,地上还扔着很多金条。"

英子说:"货架和地上还有血!伯伯,那个任先生,就是长大的小坚,受伤了吗?"

"受了点儿轻伤,不要紧。但要命的是,他在那次事故中把时间机器弄丢了,所以,直到今天,他也没办法把这些黄金还到正确的年代。他为此快急死了。"他补充道,"你俩肯定想见见他吧,见见52年后的小坚。但黄金的事没处理完之前，你们见不到的。"

小坚疑惑地说："他被关了？52年后……世上还有监狱？"

后一个问题也超出钱八和阿娇的思维惯性，两人交换着目光，一时难以回答。好在英子转了话题："光头伯伯，俺俩该咋样帮他？"

阿娇忙接过话头："你们能帮他！你们正巧捡到了他的时间机器，真是天意啊。咱们帮任先生把黄金还到那个年代的金库里，他就解脱了。"

小坚干脆地说："你尽管吩咐吧，俺俩该咋办。"

英子说："正好，俺这两根金条也得还回去。"

钱八和阿娇用两把锹非常起劲地挖坑，露出码放的金条。坑渐深，现在，金条已经与沙坑分离，其堆放呈平顶金字塔形。

钱八说："去，叫那小崽子带着时间机器过来，咱们尽快把黄金转运走。"

"转到哪个时代？"

"先转到1958年吧，那时的人特傻，和这俩小傻蛋一样，好糊弄。咱们到那儿好好喘口气，再慢慢处理。"

坑外稍远处，两个孩子背靠背坐着，各自拿一把手机玩着，但心事很重的样子。阿娇悄悄过来，听他们的谈话。英子安慰着小坚，她的话又孩子气又像大人说的话。

"小坚哥，你还在想着俺得绝症的事，是不？别难过啦。"

小坚坚决地说："俺长大后要挣好多钱，跑遍全国给你看病。"

英子没说话，欣慰地把脑袋歪在小坚的肩膀上。

阿娇并没有被感动，思索片刻，脸上现出冷酷的表情。

金库铁门开始移动，假寐的任中坚惊醒了，藏好，紧张地注视着外面。

镜头越过铁门，显出地下金库的外貌。大铁门，森严的守卫，明亮的灯光。一行人陪中年任中坚走过来，他在密室中脱光衣服，换上红色工作服。又接过一个工具包。两个银行职员经过复杂的同步操作，打开那道特殊的双

孔门锁,沉重的铁门轻巧地滑开。一位银行高层送任中坚进来,殷勤地说:

"我们指望任先生了,请尽快排除故障。工作中想与我们联系,请按这个按钮。"

他指指门边一个临时接线的按钮。任点头,大门在他身后哑哑地合上。

中年任中坚进了金库,一时被满屋的金光耀花了眼。但他只愣了两秒钟,揉揉眼,开始细心地检查警报系统。他工作时,阴影里有双目光一直在灼灼地盯着他。任中坚凭直觉感受到了,猛然回头,两人的目光劈面相撞。

老年任中坚冷酷地扬扬手枪,命令后者跟他走,后者只好服从。他们无声地来到金库中央,这儿有两具尸体,有散落在地上的金条,还有板箱上码放的金条,现场鲜血淋漓。两人长久对视。老年任中坚用枪口指指自己的脸,声音嘶哑地说:

"好好看看这个容貌。你应该猜到我是谁了吧。"他扬扬另一只手中的时间机器,"时间机器。已经成功了。"

中年任中坚沉痛地说:"我猜得到,但我不敢相信。"

老年任中坚叹息一声:"还是信吧,活证据在眼前呢。我就是22年后的你。"

中年人渐转激愤:"不,我不相信,不相信仅仅22年的时间,一个道德上的精英会蜕变成金库大盗和杀人凶手。"

老年任中坚言简意赅地说:"绳锯木断,水滴石穿。社会上有太多不受惩罚的、趾高气扬的罪恶,它一点一点地掏空了曾经坚不可摧的信仰。而且,"他苦笑道,"一旦跨上'恶'的脊背,局势就非骑者所能控制了。这一点儿我也是刚刚悟到。"

长久的沉默。老年任中坚忽然说:"对不起。"他顿了一下,"我不是为我选择的人生之路道歉,但不管怎样,让你失望了。"

这句突兀的道歉减弱了中年人的敌意,他沉闷地说:"你真不该让我看见你的。你干吗来找我?"

老年任中坚歉然说:"我知道,咱俩已经是格格不入的两类人了,根本不该再见面。但时间机器不幸出了故障,我被困在这里了。"

中年任中坚冷笑道:"你想打死我,然后穿上这身工衣混出去?但你肯定清楚那条时间旅行的铁律:如果时间旅行者杀死了过去的自己,他也就切断了自己的生命之河。"

"对,我非常清楚。"

中年任中坚嘲讽道:"所以说,局势对你太不公平了。我俩之间如果来一场肉搏,我可以杀死你,你却不能杀死我。别看你握有一把破枪。"

"但你如果杀了我,也将斩断自己22年后的生命之河。"

中年任中坚厌恶地说:"如果我22年后蜕变成你这种黄金大盗和杀人凶手,你认为我还有脸活下去吗?"

老年任中坚脸肌抽搐一下,冷冷地说:"你最好到22年后再说这句话吧。"他缓和口气,"不过我并没打算杀死你,因为有双赢的办法。你只需把工具包借给我,我修好时间机器,然后回到我的年代,即2010年。咱们彻底分道扬镳,再不会见面。"

中年任中坚沉默良久,说:"可以。但有一个条件——这部机器你用过后必须留给我。它虽然是你的,但归根结底是我的,是我的一生心血。我决不允许它再被用来作恶。"

老年任中坚迟疑着:"但我要用它返回……"

中年任中坚打断他,简短地说:"我送你,然后带着机器回来。"

"你送我到2010年?这趟旅程相当复杂……"

"不必解释。我清楚时间旅行的原理。"

老年任中坚略一犹豫:"好的,成交。"他伸出手,"请把工具包给我。"

后者冷淡地说:"你把时间机器给我,我会修。"

前者略略犹豫,把时间机器递过来。中年任中坚熟练地拆解机器,修理故障。在他工作时老年任中坚一直警惕地握着手枪。少顷机器修好,中年任中坚把右手放到凹陷中,机器开始闪烁,出现光锥。老年任中坚长出一口气。

中年任中坚说:"走吧,我送你出去。"他们来到架板箱的地方,老年任中坚看看板箱上码好的黄金,再看看中年任中坚,试探地说:

"我想,你不会允许我带走这些黄金吧。"

中年任中坚冷着脸，不屑理他。老年任中坚摇摇头，尴尬地把码好的金条搬下来，扔到光锥范围之外。两人站到板箱上，光锥闪现并消失。

两人站在河堤上，远处灯火辉煌。中年任中坚阴郁地环顾四周："到2010年了。我真想好好看看这个时代，可我实在没脸走进人群——就因为你。"他刻薄地说，"好自为之吧。你这把年纪再改行当坏人，太晚了点儿。"

老年任中坚平静地回击："知道吗？这恰恰是钱八对我说过的话。咱们那个儿时的邻居，那个天生的坏种，已经成了亿万富翁，社会名流。他家极尽奢华的家族墓就紧压在秀英简陋的墓上——秀英得了绝症，但我无力为她进行器官移植。她54岁时走了，跟着我受了一辈子的苦。这些情况，"他冷笑道，"我真不忍心告诉你。"

中年任中坚眼神抖动一下，没有再说话，这些消息显然对他的信仰是重重一击。老年任中坚半是鄙夷半是同情地说："在这个道德崩溃的拜金社会中，已经没有你的存身之地。赶快醒悟吧，否则你会在极度失望中突然蜕变——你就变成了我。"

中年任中坚厌烦地说："我决不会。你不必再废话。"

老年任中坚从怀里掏出一根金条，递给对方："呶，我刚才偷偷拿了一根。你收下吧，10年后为秀英治病。"

中年任中坚冷冷地看着这根金条，良久伸手收下它。老年任中坚说："咱俩告别吧。你呢，想回到哪儿？"

"我当然回金库，1988年的金库，银行委托我的工作我还没干呢。还有这根金条，"他扬扬金条，"我也要原璧归还。"

老年任中坚厌烦地摇摇头："随你的便。但咱俩之间确实无话可说了。"他先行离去。

光锥消失，中年任中坚回到金库。周围是散乱的金条、两具死尸和血迹，还有黑豹的尖刀。他疲惫地坐在板箱上，先从怀里掏出那根金条，看了看，顺手扔到地上的金条中。想了想，捡起尖刀揣在怀里。然后端详着手中的时间机器，木然不动。良久他自语道：

"这是天下至宝，是我一生心血。它应该去到一个干净的时代。"

他调校时间：1958年9月15日22：00：00，然后把时间机器放到板箱上。

光锥出现后他迅速退出光锥范围。光锥消失，时间机器也消失了。

时间机器出现在那个熟悉的土坑中，以下的画面将向观众交代两个孩子捡到的时间机器是从何而来。

闪回：两个孩子在找他们的铁锹，在坑中发现了这个奇怪的东西。小坚好奇地把手放在手形凹陷上，机器开始闪光。英子的手却不能让机器闪烁。小坚反复端详：

"啥蹊跷玩意儿？没说的，一定是时间机器。要不，咱们就用它返回到那个出发时刻，查查它的老根儿！"

光锥出现并闪烁，包着惊喜的小坚和惊恐的英子。光锥消失，两人也消失。

金库内。中年任中坚一边工作，一边喃喃地自语着，沉痛中透着决绝：

"不受惩罚的、趾高气扬的罪恶？至少我不会让它在我身上发生。"

忽然有声音。他连忙藏在货架后观察。是两个孩子，手里拿着他刚刚送到另一时空中的时间机器。他立即认出他们是谁。

画外音：是30年前的我和英子？他俩正好捡到了我送走的时间机器？

两个孩子的行踪都是复现原来的镜头，只是观察者改变了。任中坚贪婪地盯着两个孩子，很想出来见见他们，但最终没出来。

两个孩子看见鲜血。在他们即将看到尸体时，任中坚悄悄把尸体拖到暗影里。在英子的哀求下，两个孩子匆匆离开。任中坚怅然良久，继续工作。

金库外，警报声大作。拾音器把任中坚的低声自语放大成雷鸣般的声音：

"不受惩罚的、趾高气扬的罪恶？至少我不会让它在我身上发生。"

工作人员欣喜地说："警报系统的故障排除了，任先生真行！"

监视镜头恢复正常,他们旋即从屏幕上发现了库内的异常,紧张地向上级报告:"金库内发现死尸,地上有散落的金条!"

金库内,任中坚右手紧握黑豹的尖刀,在自己心脏上比试一下。久久沉默后他自语:

"秀英,对不起,我只能先走了。我没脸从这里出去,我更怕 22 年后变成那样的坏人。只要我死了,那个黄金大盗和杀人凶手也会随我而死,那是他应得的惩罚。"

他狠下心向心脏戳去。

老年任中坚迅速向河边走去。忽然手机响,上面显示阿娇发来的短信:

任先生,你快点回来吧。我不要什么黄金屋,我只要你。我要代秀英姐呵护你,用爱情让你重获青春。

任中坚十分感动,热泪盈眶,喃喃地说:"阿娇,我的天使,我生命寒夜中的太阳,我来了。"

英子玩着那部女式手机,突然高兴地说:"小坚哥,我会玩了。你看我把短信调出来了。"她慢慢念道:"任先生:你快点回来吧。我不要什么黄金屋,我只要你。我要代秀英姐呵护你,用爱情让你重获青春。"她迷茫地问:"这是咋回事?白莲花阿姨爱上任先生了?"

小坚很好奇,接过来胡乱鼓捣着,手机忽然唧的一声,上面显示:短信已发出。

英子看见了身后的阿姨,忙喊:"白莲花阿姨!俺们刚看见你的短信。"

阿娇坐下,把两个孩子亲切地搂到怀里:"小坚,英子,这件事我原想瞒着,我怕伤害英子。"

英子:"阿姨你说吧,没关系。"

"秀英姐——也就是几十年后的英子——去世后,任先生为她守了六年,终于接受了另一个年轻女人的爱情,那就是我。"她叹息一声,"小坚你说过,任先生肯定会把妻子的手纹输进机器,你没说错。来,把时间机器拿出来,试一下。"

她伸出右手。小坚迟疑地把时间机器递过去。阿娇把手放在凹陷中,机器果然开始闪亮。拿开手,闪亮停止。阿娇羞涩地轻叹道:

"有了时间机器,把辈分都搞乱了。按说你们不该喊我阿姨,因为在这个年代中,我一直称我丈夫为任先生,称他的前妻为秀英姐。"

小坚和英子从感情上更拉近了同阿娇的距离,亲密地偎在她身边。小坚笑着说:"俺村里辈分也乱,就拿英子说,既是俺表妹又是俺表姨。有句老话是'胡喊乱答应',咱甭管将来的事,俺还喊你阿姨。"

英子:"俺也是。俺还喊你阿姨。"

阿娇诚恳地说:"孩子们,有件很重要的事想跟你俩商量一下。咱们需要转运的金条比较多,如果再加上四个人的重量,可能机器会过载。我想让英子先在这里等着。"她看看孩子的表情,乖巧地说,"但把一个小女孩单独留这儿,我不放心。要不,小坚也留这里陪她,反正我也能启动时间机器。等我们把黄金处理好,马上来接你们——只要你俩信得过我。"

小坚立即把时间机器递过去,豪爽地说:"有啥信不过的——既然52年后的任中坚信得过你,把你的手纹也输进机器里。"

英子也亲热地说:"俺当然也信得过。俺知道,你和光头伯伯都是天下最好的人。"

阿娇努力掩饰着心中的狂喜:"谢谢你们的信任。你俩就待在那株大柳树下等吧,那儿目标大,我们回来后容易找。"她指指不太远处的大柳树,甜蜜地加一句,"顺便说一句,那儿是我和任先生经常约会的地方。"

两个小孩手拉手去了。阿娇再次嘱咐:"不要跑远啊,很快我们就回来了。"

她的表情迅速变了,转身向土坑走去。

远处，老年任中坚已经看见了她，快步走过来。阿娇这会儿的心思操在别处，没有发现。回到坑里，她紧张地对钱八说：

"两个孩子想变卦，不让咱们用时间机器了！"

钱八震惊："啥子？他们变卦了？"

"啊呀，快看，他们逃走了！"

钱八看见两个远远的小身影，立即跳出土坑，掏出手枪，凶恶地追去。这边，阿娇迅速跳到坑内，站到金字塔形的黄金堆上，把手放到机器的凹陷上，机器开始闪烁。她冷笑道：

"钱八你个王八蛋，咱俩的缘分今天到头了。"

但此时人影一闪，钱八又跳回坑内，持手枪逼近，劈手夺过时间机器："你个贱女人，想跟老子玩金蝉脱壳？老子早就料定你也能开动时间机器。你把那老东西迷得颠三倒四，他能不把你的手纹也输进去？还有那天，你直接说漏嘴啦。"

阿娇很惊恐，但片刻之后就镇静下来，冷冷地说："没错，我是想撂下你，独吞这些黄金。你开枪把我打死算了。"

钱八恶狠狠地说："你可别激俺。如今俺手里有那个小崽子，用不用你都没得关系。"

"那你开枪啊。只是别让俩娃儿发现你是杀人凶手，他们傻是傻，一旦明白过来，可不怕你。"

钱八想想，纵声大笑："心肝儿你说得对。想拿时间机器去偷黄金，那俩满脑门高尚的少先队员肯定不好使唤，还得用你这样的坏蛋。"他用枪点着阿娇的脑袋，"你和俺，两个天字一号的坏种，绝对的黄金搭档，要是散伙儿就太可惜了。不过从今以后，别在老子面前打鬼主意。和俺玩，你还太嫩。"

阿娇沉默片刻，媚笑道："好啦好啦，我认命，咱俩这辈子就狼狈为奸白头到老吧。哎，上来吧，咱们赶快离开这儿。"她伸手拉钱八上了黄金底座，用劲亲了他一下，攀着他的脖子，腻在他怀里。忽然她对着钱八后方惊叫，"咦！是你！"

钱八一愣，恶狠狠地说："又和老子玩什么花样？"他先用枪逼着阿娇，再慢慢回头，也愣了。夜色中出现一个人，是老年任中坚，手里也端着一支手枪，立在坑边，居高临下地看着两人。他的目光像结了冰，满盛着绝望的愤怒，冷酷地说：

"把手枪扔掉。"

钱八被他阴森的神情魇住，顺从地扔掉手枪。任中坚的枪口转而对准阿娇，阿娇惊恐欲绝，赶快推开钱八的身体，哀怜地凝视着任。任用左手掏出手机扔给阿娇，冷酷地命令：

"念那条短信，大声念。"

阿娇哽咽着念："任先生：你快点回来吧。我不要什么黄金屋，我只要你。我要代秀英姐呵护你，用爱情让你重获青春。"

在这个场合下念这些含情脉脉的话，以阿娇的厚脸皮也觉尴尬。任中坚的声音像从遥远的地方传来：

"阿娇，从我蜕变为坏人后，我在内心深处还留下一块干净地方，一处圣坛，一座伊甸园，那是专为你留的。"

阿娇不敢说话，痛哭着使劲点头，样子楚楚可怜。

"你脚下这堆黄金，就是我为你准备的黄金屋。"

阿娇伤心欲绝，哽咽着："任先生，我知道……"

任中坚厌恶地打断她："可你把它彻底毁了，把我心中唯一的干净地方毁了，把我这个人也彻底毁了。你们这对狗男女，那就让这座黄金屋改做金棺材吧。"

两人完全绝望。钱八目中凶光闪现，向阿娇示意准备拼命。

两个孩子蹦蹦跳跳地走着，小坚身后的冠军旗在欢快地舞动。英子叽叽喳喳地说着：

"小坚哥，这次真得感谢你，拉俺来开了眼界。21世纪太美啦，这么多的汽车！这么高的大楼！这么漂亮的激光探照灯！"

"还有这么神奇的手机！"

"还有这么好的人。虽然咱俩只见到白莲花阿姨和光头伯伯，不过俺想，

21 世纪肯定全是他俩这样的好人。"

小坚忽然停下愣神。英子敏感地说:"小坚哥你又在想那些烦心事?啥子绝症啦事故啦,那都是大人的事,咱们不懂,想也是瞎想。倒不如啥也不想,还是当咱们的小孩儿。"

这句劝慰让小坚豁然开朗,高兴地说:"对,长大后再去操心那些事,这会儿安安心心当咱们的小孩儿!"

两人互相击掌:"不当大人,当小孩!不当大人,当小孩!"然后手拉手蹦跳着向大柳树走去,一边唱着歌:"太阳光,金亮亮……"

小坚忽然喊,"啊呀,那两根金条!忘了给阿姨了。"

英子从口袋里掏出两根金条,两人赶忙往回跑。

金库门被打开,警卫荷枪实弹进内搜查。中年任中坚完成了自杀动作,鲜血迸射。人们急急地喊:

"任先生?任先生被害,快,送医院抢救!"

老年任中坚已经要抠下扳机,但忽然猛地抖颤一下,身体摇晃着,开始离散化,转眼间变成一堆人形青烟,然后散开。先是手枪掉落;随后全身衣服委顿于地,盖住了手枪;最后半根金条从胸口高度落到衣服堆上。

钱八目瞪口呆:"怎么啦?他怎么啦?"

阿娇反应很快,刚才装出的伤心和忏悔立即转为狂喜:"哈哈,一定是他在回到过去时,把他自己给误杀了,这道理我给你讲过!"

钱八大喜若狂:"报应啊,真是报应啊。关二爷护佑,赶明儿俺一定给你重塑金身!阿娇,快启动机器离开这儿!"

阿娇迅速启动时间机器,输入时间,按下红色钮。光锥出现并闪烁,强度逐渐加强。

传来两个孩子气喘吁吁的喊声:"光头伯伯,白莲花阿姨,等等!"两个小脑袋出现在坑边,光锥内的两人顿时紧张起来,不知道两人来干什么。小坚喊,"俺们带来的那两根黄金,也得还回去!"

光锥中的两人放下心,这会儿已经没心思再与俩小孩儿虚与委蛇,干脆不理睬。英子有点儿困惑:"叔叔阿姨咋不说话?"

小坚说:"恐怕有光锥罩着,他们听不见。"

光锥马上就要离去,小坚反应很快,从英子手中夺过金条扔进光锥里:"阿姨接着!咦,地上还有半根!"他不及多想,手疾眼快地拾起坑边的半根金条,也扔进光锥中。英子用手捂成喇叭高喊:

"伯伯阿姨走好!俺俩在这儿等你们!"

两根半金条扔进光锥里,光锥的闪动中断一下,然后突然加速,直到白热的程度。强光中,钱八和阿娇的身影被严重扭曲,已经看不清了,只听见惊恐的对话:

"咋啦?咋啦?"

"肯定是这三根金条让机器过载了!快扔掉!"

一声爆炸。光锥内的黄金开始弥散,熔化了其上的两个人影。强光向外扩散,淹没了土坑,也熔化了两个孩子。

闪回本片中十几个最典型的时间断面,包括有贼王的种种典型画面。这些画面闪现、定格、迅速破碎。画面背景中,光锥连同其中的那一大坨东西——黄金基座及其上的两人在时空中颤颤抖抖地移动着,最后静止在土层中。

时间机器的崩溃把时间拨回到零点。闪回:小坚打了个尿颤,从定格中恢复动作。一股清澈的尿流向下倾泻,冲走浮沙,露出一个光光的黄色脑壳。小坚好奇地蹲下,用锹扒一扒,那玩意儿露得更多,显然是一个狰眉恶目的脑袋。用铁锹敲敲,发出清亮的声响。英子系着裤带跑过来,问:

"小坚哥你在干啥?"

"我发现一个石头脑袋,恐怕下边埋着一具石敢当。"

"啥是石敢当?"

"过去在庙前立的石头人,按迷信说法它能镇鬼避邪。"

英子害怕地拉住小坚:"镇啥子鬼,它这样子才是恶鬼哩。别挖了,赶明儿让大人来挖。"

前边在喊："任中坚，刘秀英，你俩在磨蹭啥？"

英子拉上小坚去追大家，小坚边走边说："听声音不像是石头，颜色也不像，黄不拉叽的，会不会是黄铜塑像？"

英子调侃："还是黄金塑像呢。"

在他们后边，画面再次闪现出不清晰的轮廓：钱八和阿娇凝固在黄金基座上，表情惊恐，保持着往外扔东西的动作。其中钱八的脑袋半露出地面，阿娇则完全埋在土中。这一堆东西忽然下沉，造成整片的塌陷。周围的土层漫过来，掩埋了这片区域。画面实体化，现在只能看到略略凹陷的地面。画面静止。

四个小孩越来越远的背影，晚风送来叽叽喳喳的声音：

"咱们今天创的纪录保证是空前绝后！"

"小坚你真行，你咋会发现那个厚铁砂层？"

"嘻嘻，咱天生有贼眼嘛。"

背影和声音渐远。只余下一片美丽的青翠和孩子们的歌声：

　　太阳光金亮亮，雄鸡唱三唱。花儿醒来了，鸟儿忙梳妆。小喜鹊造新房，小蜜蜂采蜜糖。幸福生活哪儿来，要靠劳动来创造！

陷　阱

宋宅院内　日　外

一座极豪华的私宅，纹饰复杂的铜质花墙，院内种着名贵的花木。一辆罗尔斯－罗伊斯高级轿车缓缓开过来，停在台阶下。司机走下车，在车门旁等候。他的表情肃然，一身制服整洁得体，可以看出主人的层次。

听见橐橐的皮鞋声，一个穿戴华贵的年轻女人风风火火地跑出来。她是个无可挑剔的美女，披着银狐真皮披肩，环佩灿然。司机为她打开车门并扶她进去，一只雪白的哈巴狗熟练地跳上车，坐在她的怀里。司机问："夫人，去维尼罗珠宝店？"雅倩兴致飞扬地说："对！后天有一个'女公爵'舞会，参加的都是最有名的富婆，我不能让她们比下去！"

司机淡然地说："其实这次你根本不必让宋先生再花钱。你的首饰已经没人能比得上啦，再说，什么首饰能比得上你本人漂亮？"

雅倩得意地默认了他的奉承，没有听出他话中的钉子。她忽然又焦急起来，用脚噔噔地跺着汽车地板，喊道：

"阿坚，快一点！你在磨蹭什么？"

宋宅　日　内

宋坚忙不迭地答应："来啦，来啦！"从卧室里急急地冲出来，一边胡乱往嘴里塞着食物。他的衣着都是名家品牌，但看来他并不注重穿戴，衣服似乎不太挺括。他的五官端正，但绝算不上英俊，尤其是左腿微瘸，对他的风度而言，是一个无法忽略的缺陷。他正要出门，楼上忽然喊道："坚儿，坚儿！"他立即刹住了脚步。

他的瞎眼老娘在女仆刘妈的搀扶下慢慢从大理石楼梯上走下来。她的穿着雍容而不华贵，面庞上皱纹深陷，显然是从苦日子中熬出来的。她亲切地微笑着，边走边问："坚儿，昨晚又睡晚了？现在到哪儿去？"

宋坚心焦火燎地侧耳听着门外，不过仍迎过去搀住母亲，堆出笑容，言不由衷地说："妈，我去公司。时间不早了！"

宋母说："坚儿，后天是你爸爸的忌日，你可别忘了啊。"

宋坚佯笑道："哪能呢，我记得清清楚楚。"

他转身去看墙上的老爹遗像。老爹眉眼肃然，但嘴角挂着玩世不恭的讽笑。宋坚朝老爹做个鬼脸。相片上的眉眼忽然活动起来，老爹讥讽地粗声说："小子，你骗得了你妈，可骗不了我。"

扶着宋母的刘妈仍然温婉地微微笑着，神色没有变化。因此，遗像的"显灵"显然只是宋坚个人的心理活动。宋坚又朝遗像做个鬼脸，遗像也恢复了原状。

宋母在沙发上坐下来，慈祥地说："来，让妈摸摸你，看这几天瘦了没有。"

宋坚已经急不可待，但仍顺从地偎在母亲身旁，对刘妈做个无奈的表情，刘妈慈爱地拍拍他的头顶。显然，这位老仆与宋坚的关系非常亲密。宋母从面颊上开始摸下去："还好，没有瘦。"又摸他的两臂，胸膛，臀部，大腿。宋坚看来已习惯了这种抚摸，耐着性子等着。宋母摸到了残足，抚摸更加轻柔，问："坚儿，天阴下雨还疼吗？"

"不疼，一点都不疼。"

宋母近乎自语地说："可怜的坚儿，都怪妈啊。小时候家里没钱，要是早几年做小儿麻痹矫正手术，一定不会留残疾。"

宋坚看着门外，佯笑着说："妈，多少年的事了，老提它干啥。"门外又传来雅情怒冲冲的喊声，他忙说："妈，我得赶紧走了。"刘妈也说："太太，让他走吧。"宋坚匆匆出门。

维尼罗珠宝店　日　内

室内装饰极其华贵，珠宝琳琅满目，顾客不多，小姐们轻声慢语地为他们介绍。老板正在内室里对下属做指示，忽然从窗户看见宋坚夫妇，眼里立即射出狂喜的攫取的光芒。他挥走下属，匆匆出来迎接："欢迎宋先生和宋太太光临敝店，请进贵宾室。"

在贵宾室里，他亲自斟上咖啡，亲切地说："其实，宋太太根本用不着佩戴首饰，您的美貌是无与伦比的。"

宋坚笑道："哟，这可不是珠宝店老板该说的话。"

雅倩非常得意，顾盼生辉。老板圆滑地转过话头："既然要买，我只敢拿出敝店里的最好货色。"

一串昂贵的钻石项链。

皮草行　日　内

两人在选购裘皮大衣。

宋宅　晚　内

在两人的卧室内，雅倩穿着一件几乎透明的睡衣，里面是极为暴露的绣花内衣。她在落地镜前一遍一遍地试首饰、皮披肩等，容光焕发。宋坚在她身后心醉神迷地欣赏着，忍不住上前吻吻她的脖项。雅倩回过头报以热烈的回吻。

两人相拥上床。

稍后，宋坚穿着睡衣来到客厅，从酒柜中倒了一杯白葡萄酒。正要一饮而尽时，看到了父亲的遗像。他朝遗像举举酒杯，老爹的口眼又活动起来，冷嘲地问："小子，你用210万能买来她几天的热情？"

宋坚自知理屈，仍醉醺醺地同老爹争执："你还想管我吗？我心甘情愿！"

楼上宋母的声音："坚儿，你还没睡吗？"

宋坚急忙回答："妈，我这就去睡，你不要起来！"他急急回卧室，相片也随即恢复正常。

舞厅　晚　外

　　一座非常豪华的舞厅，巨大的霓虹灯字"女公爵舞会"。一个不足 20 岁、面容纯真的少女穿着缩手装、背着马桶包走过来，略微犹豫一下，便径直向大门走去。一位制服笔挺的男仆役表情谦恭地拦住她说："请止步。本次舞会对所有男士免费，女士请购票。"

　　他把少女引到售票窗口，牌上写着票价 5000 元。少女利索地从包里掏出 5000 元现金甩过去。男仆役立即毕恭毕敬地引她进去。

　　宋坚夫妇的汽车随后开到，全副行头的雅倩一到场，立即吸引了所有人的视线。

舞厅　晚　内

　　屋内是富婆们的天下，她们大都是半老徐娘，都算不上美貌。但同行的男士个个非常标致，个头匀称，像是精选的仪仗队员，也都很年轻。少女进屋后很家常地甩下马桶包，坐到沙发上悠闲地吃点心，一边熟练地打量着屋里的男人。盛装的雅倩进屋后照例吸引了所有男人的注意和女人的嫉恨。一个胖女人怒冲冲地唤来一个男人：

　　"阿杜，这个花瓶也够参加舞会的资格？"

　　那个男人长得异常帅气，风度潇洒。他亲热地托住胖妇人的肘弯，含笑低声道："务请洁如女士包涵，那位美人的丈夫是一位亿万富豪，他的面子我们不得不照顾。"他又低声说了一些显然很亲昵的话，胖夫人含情脉脉地送过一道秋波，不再坚持。胖夫人的男同伴对他们的调情视若无睹。

　　阿杜安抚了这边，立即抽身迎接宋氏夫妇，雅倩对这位帅气的男人也很亲昵。正好乐曲开始，阿杜彬彬有礼地对宋坚说："我是否有幸请舞会皇后跳头一场？"

　　未等宋坚表示，雅倩已兴致勃勃地同他下场。两人的舞姿都极优雅，吸引了全场的注意。宋坚懊丧地在屋角坐下，不无嫉妒地用目光追随着二人。少女注意地观察着他。

　　雅倩跳得兴致飞扬。阿杜俯在她耳边低声笑道："我该把你还给你丈夫了，你看他一直紧盯着我们。"

雅倩莞尔一笑："没关系。"

"宋先生真是一个多情的丈夫。既有钱，又多情，一个近乎完美的丈夫——只可惜脚有残疾。"

这句话一下子戳到了雅倩的痛处，她的脸色一下子黯淡下来。阿杜佯作不知，继续说下去："也许你已经知道？宋先生的父亲是靠卖假药起家的。"

雅倩觉得大伤面子，但她爱听市井传言的天性占了上风。"真的？"

阿杜窃笑着："自然。什么超级猫王耗子药啦，十全大补婴儿万宝丹啦。他出身草莽，白手起家，仅用30年就挣了万贯家产。你想这里会没有昧心钱？不过说句公道话，他一赚足了钱，就改做正经生意了，还常向孤儿院和学校捐款，向鳏寡老人送年礼，成了一个出名的慈善大王。"

雅倩没说话，但脸上浮出鄙夷的表情。阿杜换了话题："我很奇怪，宋先生身家巨富，为什么不去做一次手术呢？"

雅倩声音低沉地说："他七岁时就做过小儿麻痹矫正术。"

"不，不。"阿杜笑道，"那时是什么科技水平？我知道现在有一个'赛斯与莫尼·22世纪'公司，他们几乎能做任何事，即使换脑袋也并非不可能——只要你有足够的钱。"

"真的？"

"千真万确。我还可以告诉你一件从未示人的秘密，希望雅倩女士一定为我保密。"

雅倩对他的推心置腹报以亲热的微笑："你尽可放心。"

阿杜卖弄地说："你看我的容貌和体形如何？告诉你，我也在那个公司做过小小的改进。"

"真的？哪个部位？"

阿杜大笑道："你绝不会看出来，他们的手术天衣无缝！"

雅倩瞪大了眼睛。

坐冷板凳的宋坚已经不耐烦，一杯杯地灌着酒。有一个中年女士过来欲同他攀谈，他客气地把她打发走了。那位少女走过来，羞怯地低声说："先生，你能请我跳舞吗？我在这里没有一个熟人。"

宋坚略略犹豫，起身邀她跳舞。两人旋入舞池，低声交谈着。少女说："先生，你的舞跳得真好！"

宋坚苦笑道："是吗？我很少听到这样的夸奖。"

少女天真地问："先生，那个最漂亮的女士是你的妻子吗？你为什么不同她跳舞？"

宋坚苦笑着没有回答。

一曲既毕，雅倩仍未打算回到丈夫身边，在几个漂亮男人的簇拥下意兴飞扬地谈话。宋坚目光阴沉地看着她。少女亲热地挨在他身边。宋坚突然想起："你有工作吗？你怎么买得起那么贵的门票？"

少女仍然目光清澈，直率地说："我是为男人服务的。"她有意看看远处的雅倩，甜声说："先生，你喜欢我吗？"

宋坚猛然一惊，不敢相信这个外表纯真的少女竟然操皮肉生涯。片刻后他苦笑着，掏出支票簿唰唰地写上一万元，撕下来递给少女："拿着吧，我不希望以后在这种场合看到你。"

少女熟练地接过支票塞进大腿丝袜中，莞尔一笑："谢谢，宋先生，你真是个好人，是天下最好的男人。"她背上马桶包离开，出门时还回头招手。

宋宅　晚　外

司机为雅倩打开车门，她一下车便噔噔地独自走了。宋坚下车后惶惑地苦笑着，一瘸一拐地跟在后边。司机怜悯地看着他的背影。

宋宅　晚　内

宋坚从浴室出来，雅倩已经面朝里睡下。宋坚小心翼翼地上床，生怕碰着妻子。他关了台灯，两眼望着天花板。

宋坚的画外音："宋坚哪宋坚，你这是何苦，200 万元买来三天的亲热，然后是 10 天的冷淡。唉，怪只怪我的残疾。"

良久，雅倩忽然把一只手臂搭在他的胸膛上。宋坚很惊喜，试探着把手伸过去，雅倩果然没有拒绝。一阵亲热之后，雅倩抬起头说："阿坚，你一定要把左脚的残疾治好，花多少钱也不要心疼。舞会上的那位杜先生告诉我，有一个赛斯与麻雷公司，能为你做任何手术。"

"赛斯与麻雷？"

"对，要不就是赛斯与莫尼·22世纪公司。在那儿即使换脑袋也不是不可能的，只要你有足够的钱。"

"是啊，钱。"

雅倩热烈地说："不管花多少钱。不行的话，把我的所有首饰都卖掉。"

宋坚勉强地说："好吧。"

雅倩兴奋地抱着丈夫的脸狂吻，她憧憬地说："等你的残足治好，我们一定到舞会上跳个痛快。让别的女人眼红。"

宋坚浅嘲道："如果那时你的首饰已经全部卖掉，你还会去舞会吗？"

雅倩还沉浸在对未来的憧憬中，没有听出丈夫的浅嘲。

舞厅　晚　内

那个风度潇洒的舞会王子正在打电话，他像是换了一个人，态度毕恭毕敬："钱先生，那个女人已被我说服，我想他们很快就会去贵公司。"

电话中说："谢谢杜先生，很钦佩杜先生对女人的吸引力。还是老规矩，请你自己挑选付酬的办法。是第一次手术费的15％，还是此人全部手术费的5％？"

阿杜低声笑道："当然是第二种办法，我更相信钱先生对女人的魔力。"

电话中大笑。

公司大门　日　外

一幢极其现代化的大楼。彩虹玻璃墙壁，瀑布从屋顶泄下。楼前是很大的广场，道路两边是两排汉白玉雕塑，这些作品都十分高雅，有罗丹的"思想者"，米开朗基罗的"大卫"，维纳斯女神，等等。但最后两座雕像却赫然是赵公元帅和关二爷,浑身珠光宝气,与前边的洁白的裸体像十分不协调。草地上竖着几米高的金字:SCIENCE AND MONEY·22 CENTURY。公司的徽章是一个原子模型,外套一个硕大的外圆内方的铜钱。宋坚好笑又好奇地看着这一切,雅倩则完全被公司的气势征服了,她指着高大的金字问:"这一排英文字是什么意思?"

"科学与金钱·22世纪公司。"

公司 日 内

屋内也极尽豪华。一个身材矮胖的中年男人快步迎上来,满脸堆笑地说:"欢迎二位光临敝公司,你们已提前进入了22世纪,请坐。"

他像笑弥陀一样,满脸忠厚之色。一位极标致的小姐轻步走过来,为两人斟上咖啡。中年男子递过一张黑色烫金名片,介绍道:

"敝公司是一家高科技公司,网罗了全世界的科技精英,运用了很多22世纪的尖端技术,尤其是生物技术,几乎能为你做任何事情。至于敝人,"他不无得意地说,"十年前加盟本公司后的微薄贡献,是把科学和金钱联系起来,为科学之火浇上利润之油,促进了本公司的飞速发展。"

宋坚低头看看名片,上面写着:钱与吾,公司副总经理,公司促销部经理。钱先生殷勤地问:"请问我能为二位做些什么?"

雅倩用目光催促宋坚,宋坚不情愿地问:"请问你们能做足部矫正术吗?"

钱先生不经意地扫一眼他的残足,干脆地说:"不,我们不做。"

宋坚大失所望,讥讽地说:"你不是说几乎可以做任何事情吗?"

钱先生耐心地解释:"我们不做足部矫正术,就像我们不屑于用金刚钻修补破碗,这在200年前还是一门职业呢。现代科技和现代工业的发展,使得使用一次性产品更为廉价,至于质量就更不用说了。多说无益,请先参观我们的展品厅后再说吧,否则,宋先生会把我当作卖假药的江湖郎中了。"

宋坚恼怒地瞪了他一眼。钱先生没有觉察,到前边带路。雅倩格格地低声笑道:"别多心,他不是影射你的老爹!"

宋坚显出尴尬之色,丧气地跟在后边。

黄金黄金

展厅　日　内

大厅巍峨高大，极有气魄。厅内先是苍茫一片，几人走进来后，顶灯自动地依次开启，一排排延伸到几乎无穷。他们走过一道屏风后，华灯大放，照出了一件件水晶展柜，里面是一条条人腿、人臂、没有四肢的躯干。雅倩惊叫一声，趴在宋坚怀里。宋坚强自镇静，拍拍她的后背，其实他自己也面色苍白。

钱先生大笑道："不要怕不要怕，这儿绝不是孙二娘的人肉作坊。这些都是高科技的产物，要知道，生物的每个细胞都含有复制自身的全部DNA信息，一旦激活它，连一块皮屑、一截发丝都能复制一个不失真的克隆人。我们从全球精选了体格健美、智力超绝的人做父本，从他们身上取出一个肝细胞激活，就培养成了你们面前这些产品。"

宋坚厌恶地问："培养一个人，然后大卸八块，分装在各个展柜里？"

钱先生优雅地一挥手："不，不。请不要用这些血淋淋的字眼。我们用的是科学的、文明的办法。当受激细胞开始发育时，只需做一个精确的显微手术，使无用部分萎缩就行了。也就是说，一个细胞只发育成一条腿，或一只手，依人们的指令而定。"

宋坚喃喃地说："多人道的办法。"

钱先生宽厚地反驳道："至少它比堕胎要人道吧。可是人们对堕胎已经无异议了，连曾经激烈反对的教皇也承认了现实。"宋坚摇摇头不再说话。

钱先生继续领他们参观，展柜里还有心脏、乳房、男性生殖器等，甚至还有一个瞑目沉思的头颅，头颅下连着一些管路，他们走来时，头颅睁开眼瞥了一眼，自语般地说了一声："选用赛斯与莫尼公司的产品是你的明智选择。"眼睛又缓缓闭上。雅倩已不再恐惧，瞪大眼睛看着，啧啧赞叹着。展厅最后是一支孤零零的手臂，固定在不锈钢支架上。钱先生卖弄地对它下命令：

"请与宋夫人握手。"

手臂立即抬起来，轻轻旋转半圈，触到了雅倩的手指，便轻轻地同她握手。雅倩手足无措，咯咯傻笑着。钱先生又命令："请为宋夫人题字留念。"手臂熟练地移到活页簿上，唰唰地写了一行字："选用赛斯与莫尼公司的产品，是你的明智选择。"然后撕下来递给雅倩。三人都笑起来。

会客厅　日　内

　　动作像机器人一样准确的漂亮小姐为他们换上新咖啡。钱先生做手势请两人享用，然后说："二位还有什么顾虑，请坦率直言，先从女士开始吧。"

　　雅倩急急地说："我完全信服。阿坚，不要犹豫了。"

　　宋坚叹口气："好吧，换一条左足的费用是多少？"

　　钱先生沉吟一会儿，诚恳地说："先不谈费用，我有一个冒昧的建议请二位取舍。由于小儿麻痹症的影响，宋先生的整个左腿都不太健美。如果仅更换脚部未免不太协调，所以不如整条左腿一齐更换更为合适。"

　　宋坚挖苦地说："你为什么不说更换整个身体？"

　　钱与吾不为所动，仍心平气和地说："再者，一条左腿的更换费用是50万元，仅换左脚的费用为35万，从经济观点看，不如一步到位更为合算。"

　　宋坚哼道："50万！这就是你说的廉价的大工业产品？"

　　钱先生委屈地说："老天作证，这个开价已经很低了！请问宋夫人的钻坠花费多少？至少30万吧。"雅倩下意识地摸摸钻坠，高兴地点点头。"曾有一句名言，搞原子弹的不如卖茶鸡蛋的，这个悲剧至今还没有落幕，中华民族的悲剧啊！"他半开玩笑地夸张地吟诵。

　　宋坚看看雅倩，她目光热烈地示意：快答应吧，钱先生的话完全可以信赖。

　　钱先生笑着站起身："这样吧，为了宋夫人无与伦比的美貌，我们最后一次忍痛降价，优惠到45万元。请二位回去认真考虑好再来吧。"他礼数周全地送客人出门。

宋宅　晚　内

　　两人进门，雅倩眉飞色舞，宋坚则郁郁不乐。宋母正在丈夫的遗像前焚香默祷，听见二人进来，不满地说："坚儿，今天是你爸爸的忌日，过来烧一炷香。"宋坚默默地点上香，合掌默祷。宋母侧耳细听，敏锐地说："坚儿，你有心事？"

宋坚勉强地说："哪有，什么心事也没有。妈，你该休息了。"

那个卖假药的老爹仍在镜框里目光犀利地盯着他，嘴角挂着嘲讽。但宋坚今天没有心思和老爹打嘴巴官司，他瞟一眼老爹，转身离去。

在卧室里，雅倩兴高采烈地说："阿坚，还犹豫什么？钱先生完全值得信赖。我敢肯定，这是一个心地善良的成熟的男人，又有风度，又幽默，对人又十分坦诚……"

宋坚拦住她的话头："行了行了，我答应就是，不就是一条腿嘛。"雅倩高兴地奖他一个深吻。

公司　日　内

雅倩兴奋地说："钱先生，我丈夫已同意了你的建议，把左腿整个更换。"

钱先生面色犹豫，迟疑地说："请二位先看看电脑设计再说吧。"

电脑屏幕上显出宋坚的裸体行走及跳舞的姿态，他的跛足确实显得可笑。宋坚偷偷看看雅倩，脸上发烧，雅倩更是深深埋下头。

钱先生按了转换键，屏幕上的宋坚立即换了一条左腿，又换一条，再换一条……画面停下来，钱先生得意地说：

"这一条如何？与躯体连接天衣无缝，你看那脚弓、小腿、膝盖和大腿，线条流畅，筋键有力，已经无可挑剔了！"

屏幕上显出新腿行走、跳舞的潇洒姿态。这一瞬间连宋坚也被迷住了。

钱先生又按一下转换键，屏幕上显出左右腿的特写，左腿是原来的。钱先生诚恳地说：

"请二位认真比较，宋先生的右腿资质不错，但与新腿相比仍是天壤之别。为了匀称协调，我们只有两种办法：一是左右腿一齐更换；二是降格以求，按右腿的条件定做一支不那么健美的左腿。只是，我想挚爱丈夫的宋夫人首先就不会同意降低档次吧。再者，由于定做的腿是单件生产，价格较高，这样，仅换一条腿的费用与双腿一齐更换的费用就相差无几了。"

没等宋坚表示，雅倩就急忙摇头。

宋坚叹口气，知道有雅倩在旁，辩之无益，便问："总价多少？是不是45万乘2？"钱先生迷人地一笑：

"不，整部件出售时我们会打折扣。两条下肢一齐更换，包括住院费、保险费等一共83.4万元。如果能敲定，现在我们就签合同，一个星期后，宋先生就能用新腿同夫人跳舞了。怎么样，宋夫人，为了丈夫的健康，你恐怕要牺牲一件银狐皮大衣了。"

雅倩嫣然一笑："我十分乐意。"

"至于产品的质量请完全放心，我们投的是双倍保险，一旦发生医疗事故，你们将得到166.8万元的赔偿。"

宋坚接口道："和一个没有下肢的身体。"雅倩急忙用胳膊触他，他接着说："当然啦，我这是开玩笑，我很信任你们，签合同吧。"

在一张极为宽大气派的老板桌上，三人郑重地在中英文合同上签了字，一式三份。

特写：题头印的是"产品供货合同"。

宋宅　晚　内

宋坚半夜醒来，急忙摸摸双腿，他的表情十分留恋。片刻后，他披上睡衣下床，动作非常谨慎，生怕惊动了妻子。他穿着睡衣，在地上走来走去，低着头观看，显然是想在失去双腿前多用一会儿。

雅倩醒来，发觉丈夫在踱步。她冷淡地看了一会儿，不耐烦地说："阿坚，又在多愁善感了不是？又不是换装两条不锈钢假腿，这是货真价实的真腿呀，有什么可愁的！"

宋坚不敢同妻子争辩，陪笑道："毕竟不是我的原装货呀。"

雅倩伶牙俐齿地反驳："去年你还换过一颗牙呢，也没见你这样难舍难分。"

宋坚嘿嘿地笑了，自我慰藉地说："女人们总是另有一种逻辑方式，实际上，你说的不无道理。因为牙齿的坚硬，下意识中我把它看作非生命体。实际上它和腿脚一样，也是我身体的一部分嘛。"

他心绪变好后逗妻子："雅倩，你的身体几乎可以说是完美无缺了，只有一点小瑕疵。你知道是什么吗？"

雅倩瞪大眼睛追问是什么。宋坚说："你的左耳略小，与右耳不完全对称。要不要也换一只？"

雅倩下意识地用手摸着耳朵，茫然若失，没有答话。

宋宅　日　内

宋坚来到老太太卧室，高高兴兴地喊："妈，你再摸摸我的双腿！"

老太太惊惶地问："怎么啦？怎么啦？"

他嬉皮笑脸地说："怎么也不怎么，就是想要你再摸摸。"

妈放心了，轻轻地摸他的腿脚、胳膊，逐渐陷入沉思中，她低声说："可怜的坚儿，小时候家里穷，不能为你治病，邻居小孩骂你是小瘸子，你跷着脚和他们打架，打伤了，回来还瞒着我……"

宋坚忽然感情冲动，泪珠扑簌簌掉下来。妈感觉到了，惊慌地问："怎么了，你是怎么了？"宋坚凄然一笑："没什么，妈，真的没什么。"

医院　日　内

宋坚在病床上等着做手术，目光中既有紧张又有期待。随着麻醉剂的滴入，他的神志逐渐模糊。朦胧中看到天蓝色的护士小姐推着器械车过来，上面是两条孤零零的人腿。

手术开始，低声的命令声，锃光闪亮的手术刀具，逐渐变缓的心电曲线，鲜血一滴滴地滴着。

病房　日　内

两条极为健美的腿。蹬上裤子后，镜头推到头部。宋坚努力盯着自己的新腿，目光非常复杂，有喜悦也有窘迫。他喃喃地说："我没想到复原得这么快。"

钱与吾得意扬扬地说:"接合部嵌有海参的快速生长基因。"他得意地开玩笑:"不过你根本不必担心会变成软体动物。"

宋坚的心绪变好了,也开玩笑道:"嗯,不错,你们的技术确实值得信赖,不是江湖上卖假药的。"

雅倩抿嘴一笑。

宋宅　晚　内

雅倩仍穿着透明的睡衣,在穿衣镜前兴致飞扬地试首饰。她回头说:"阿坚,明天天霸舞厅有一场上流社会的舞会,咱们也去吧。"

宋坚仰靠在沙发上,不情愿地说:"我的好夫人,你总得给我留一点复原的时间吧。"

雅倩沉下脸,坐到椅子上。宋坚连忙过去安抚:"好好,我去还不行吗?"一位女仆进屋,宋坚抬头吩咐道:"玉梅,你们不要告诉老太太我换腿的事,知道吗?"

女仆恭谨地说:"我们都知道了。"

电话铃响,雅倩拿起床头电话,亲昵地说:"是阿杜啊,对,已经做了换腿手术,两条一起更换,非常漂亮!我正要谢你哪。费用?一共83.4万元。"

杜家　晚　内

那位英俊的杜先生大笑道:"不贵,一点也不贵,阿倩,一定是你的美貌让他们忍痛降了价。明天的舞会你们参加吗?这次你们夫妇一定会博个满堂彩。好,再见,祝你睡个好觉。"

放下电话,他的脸上漾出满意的笑容,在日历上记下:第一笔83.4万元。然后他潇洒地把笔扔到桌上。

宋宅　晚　内

卧室内,宋坚与雅倩都在熟睡。宋坚忽然醒来,震惊地发现自己失去了双腿。他惊惶地在躯体下乱摸,大声喊雅倩,但雅倩熟睡不醒。忽然来了两个无头的怪物，他们熟练地抬起宋坚就走，径直向墙壁冲去。宋坚惊叫着护住头部，但前面浑似无物，他们轻易地穿了过去。宋坚刚松口气，忽然发现前边竟是万丈深涧，他恐惧地喊："站住！站住！"但两个无头怪物置若罔闻。在悠长凄惨的惊叫声中，宋坚跌入浑茫的深渊……

宋坚猛然从梦中惊醒，前额冷汗涔涔。他掀开毛巾被，自己的双腿好好地在那儿。他侧脸看看雅倩，她睡得正香，睡姿十分迷人。他轻轻地唤："雅倩！雅倩！"雅倩被唤醒，睡意很浓地咕哝一声："睡吧，我好困。"她应付差事地在宋坚脸上吻一下，又翻身睡去。

宋坚不敢再惊动她，轻轻点上一根烟，仰靠在床头。烟头在他唇边明明灭灭。

宋宅　日　内

宋母在楼上扶着栏杆，似有所待，刘妈搀扶着她。宋坚从门口进来，看见母亲，立即放轻脚步，悄悄溜过去。但宋母喊道："坚儿，是你回来了吗？"

宋坚不得不停住脚步，赔笑道："妈，是我。"

宋母在刘妈的搀扶下慢慢下楼，宋坚也迎过去扶她坐到沙发上。宋母颤巍巍伸出双手，像过去那样开始摸他。她激动地问："听说你又做了一次矫正术？这次成功吗？你为什么不告诉我？"

她已经摸到了宋坚的腿部，宋坚提心吊胆地看着她，又看看刘妈，刘妈含意复杂地摇摇头。宋母的抚摸越来越慢，表情越来越惶惑。宋坚也越来越担心。最后，宋母停止了抚摸，一言不发，惶惑地走了。

刘妈表情复杂地看看宋坚，极轻地叹息了一声，赶上去扶着宋母走了。宋坚呆呆地看着两人的背影。

雅倩回屋，一阵风似的从宋坚身旁掠过。宋坚挥手赶走这些思绪，急忙跟着她回卧室。

宋宅　日　外

一辆汽车停在宋宅大门外稍远处，车中是钱与吾与一名女司机，他耐心地等着。

宋坚夹着公文包出门,他的司机为他打开车门,宋坚说一声:"到公司去。"汽车很快开走。等他的车消失,钱与吾才下车,按响了门铃。刘妈开了门,钱与吾满面笑容地说:

"敝姓钱,是赛斯与莫尼公司的,来这儿对宋先生做质量回访。"

刘妈冷淡地说:"宋先生刚走。"

钱先生遗憾地说:"真不巧,宋太太在家吗?"

"在家。请进吧。"她拿起内部电话说:"太太,有一位钱先生来做质量回访。"

卧室内,雅倩正在梳妆台前仔细地观察自己的耳朵,表情犹疑。接过电话后她高兴地说:"好,我马上过去。"

她一阵风似的跑出来。钱先生站起来微笑道:"你好,宋夫人。宋先生的新腿好用吗?"

"好极了,完全像他原来的真腿。贵公司的技术真是巧夺天工!"

钱先生由衷地说:"这就好,这样我就放心了。"

雅倩没有再寒暄,担心地问:"钱先生,请你仔细看看,我的两只耳朵是否不太对称?"

钱与吾连忙走到她面前仔细端详,恍然道:"你不说我真的没有注意,是有一点不对称,很轻微,没有影响你的美貌——当然,正因为宋夫人的美貌无与伦比,所以这点瑕疵也不能放过。如果宋夫人愿意做换耳手术,敝公司十分乐意效劳。不过今天我想先谈谈宋先生的事情。"

"他的腿还有什么问题吗?"

钱与吾遗憾地说:"问题恰恰在于他的新腿太完美了。我昨天又看了他的照片,发现他的两条胳臂与新腿太不般配。你看。"他掏出一沓照片递过来。

两人凑在照片前热烈地交谈。

宋宅 晚 内

宋坚浴罢出来,用浴巾裹住腰部以下。雅倩恶狠狠地盯着他的胳臂看,他被看得心里发毛，讪讪地问："雅倩，怎么啦？"

雅倩鄙夷地说："看你那两条瘦精胳膊，与新腿太不般配了！"

宋坚暗暗叫苦，讨好地说："我从明天起就加紧锻炼，炼出施瓦辛格的体魄。"

雅倩不耐烦地说："那要等到什么时候！"

宋坚悲伤地叹口气说："是钱先生的主意吗？"

她一愣，强辩道："钱先生来前我就是这个主意。"

宋坚黯然道："好吧，开价多少，两只胳膊一齐换？"

雅倩立刻眉开眼笑了。"很便宜，他开价60万，我一直压到42万成交。"她伏在宋坚的怀中，轻轻捏着他的肌肉说："我希望自己的丈夫是天下最健美、最潇洒的人，你不会怪我这点私心吧。"

宋坚皱着眉头说："我当然不会怪你，连钱先生也是真心为我好，并不是为赚钱，我如果是穷光蛋，他一定会免费为我做手术的。"他的神态既有悲伤，又有从未有过的冷淡。但雅倩显然全无觉察，仍像上次那样抱着丈夫的脑袋，奖给他一阵狂吻。

医院　日　内

雅倩陪着丈夫走出医院，她兴高采烈地同钱先生和一群医生告别："谢谢，我很满意，阿坚的新胳膊漂亮极了！"

宋坚衣着单薄，可以看到他的胳臂确实壮健有力。但他神情漠然，似乎是个局外人。

宋宅　日　内

宋母在客厅里等待着，表情阴郁。很远就听见雅倩的笑声。少顷，神采飞扬的雅倩和神情漠然的宋坚一同进屋。宋母没有理睬儿媳，摸索着向儿子走去。雅倩急忙绕过她，独自回屋。宋母颤声喊道："坚儿，让妈再摸摸你。"

宋坚顺从地偎到母亲身边，担心地看着她。宋母双手捧着儿子的面颊，慢慢摸下去。她的动作充满慈爱。然后她摸到了胳臂，宋坚勉强笑着解释：

"妈，这一段我一直在健身房里强化锻炼，你看我的三角肌。"

就像上次一样，宋母的动作越来越犹疑，越来越慢。她的神色也越来越冷淡。最后，她又是一言不发地站起来走了。

宋坚的神色十分无奈。

宋坚的办公室　日　内

秘书轻轻推开门，送来一沓文件，说："董事长，请你批复。"

宋坚神情烦躁地略略扫一遍，龙飞凤舞地签上自己的名字。秘书小姐轻盈地走了。宋坚忽然把她喊回来，要过文件，仔细察看自己的签名。他又伸出双手仔细观看，察看自己的胳臂，目光犹疑。他问："小玉，这几个字像我的签名吗？"

秘书抿嘴一笑："董事长真会开玩笑。你自己签的，当然像了。"他不耐烦地挥走秘书。电话响了，他懒洋洋地拿起话筒。"是钱先生？我很好，没有什么反应。"

电话中钱先生亲切地问候："那就好，听到这个消息我十分高兴。家里都好吧，我上次家访见到了令堂，她的身体十分康健，可惜双目失明。令堂失明有多长时间了？"

宋坚立即警觉起来，他坚决地说："谢谢你的关心。老母亲年纪大了，思想又旧，一定不会同意在她的眼睛上折腾。"

钱与吾的办公室　日　内

钱先生哈哈一笑："老年人的固执我们能理解。好，再见。"

他放下电话就往外走。

公司门外　日　外

女司机看见钱先生出来，忙为他打开车门，问："到哪儿？"

钱命令道："去宋宅做质量回访，趁宋坚不在家。"

宋宅　晚　内

卧室内，雅倩亲热地偎在宋坚怀里，用手划着他的肋沟，慢声细语地劝说："把躯干也换了吧。你看，你的胸膛一点不饱满，肚子倒是提前发福了。和你的四肢相比，实在太难看了。既然已走到这一步，我真的希望自己的丈夫十全十美。"

宋坚第一次发火了："你纵然不为我，也得为我老娘留下一点血肉啊。"

雅倩捧着他的面颊轻轻拍着，甜蜜地笑着："这不是？你的头颅和1500克的大脑才是你身上最重要的部分哪。"她送上醉人的一吻。宋坚苦笑着投降了。

医院　日　内

手术室里，护士推来一具躯干。

杜宅　日　内

那位风度潇洒的杜先生又记下一笔账：第三次手术，更换躯干，102万。

医院　日　内

手术室里，护士又推来一具头颅，双眼微闭，容貌十分漂亮，与原来的宋坚依稀有些相似。

杜宅　日　内

杜先生再记下一笔账：第四次手术，更换头颅，203万。

他贪婪地笑了。

公司　日　内

在钱先生的办公室里，宋坚正在签支票。他已经全变了，身材健美，容貌英气逼人，但蕴含着冷冷的表情，这是过去所没有的。雅倩照旧是满面笑容。钱先生接过支票，沉痛地说：

"我愧见宋先生和漂亮的宋夫人。实际上,从一开始我们就应该为宋先生全躯更换,那样费用最省,整体协调性也最好。但我知道欲速则不达,躯体更换的优越性只能循序渐进地领会。我公司的销售计划不得不受用户觉悟程度的制约。"

宋坚苦笑道:"钱先生是与宋先生说话吗?我是宋坚吗?"

钱与吾一挥手,坚决地说:

"请你彻底扬弃这种陈腐的观念。以 22 世纪的眼光来看,人的本质在于大脑,其他眼耳鼻舌身只不过是满足大脑思维运动的工具或附加品,就像眼镜或汽车一样。你不会认为换一副眼镜就影响你的人格吧。"

宋坚冷冷地说:"既然躯体只是附加品,那躯体的健美与否还有什么意义?"

钱先生一愣,立即拊掌笑道:"宋先生思维敏捷,语含机锋,足见还保持着清晰的自我。"

宋坚疲倦地说:"谢谢你的恭维。其实你的思维更敏捷,我自愧不如。"

宋宅　晚　内

宋坚从浴室出来,只穿一件三角裤头。他的新身体确实十分健美,毫无瑕疵。雅倩痴痴地近乎崇拜地看着丈夫。宋坚则嫌恶地盯着她,直到她胆怯地低下头。宋坚恶毒地说:

"雅倩女士是否十分喜欢这具躯体?这个顶替宋坚的小白脸?你是否喜欢在宋坚的目光下同这个小白脸偷情?"

雅倩全身抖颤一下,胆怯地低下头。宋坚狞笑道:"夫人,这个结局你没有料到吧。现在咱们在美貌上至少是扯平了,你却少了一样最重要的东西——钱。"

雅倩不敢回话,偷偷抹去眼泪。宋坚懒得理她,自顾上床睡觉。雅倩轻手轻脚地爬上床的另一边。

两人都没有合眼,宋坚瞪着天花板,雅倩时时抬头,怯怯地看看丈夫,她开始轻轻地抽泣,宋坚厌烦地扭过身去。抽泣声越来越大,宋坚叹口气,扭过身揽过妻子，她立刻钻进丈夫的怀里放声大哭。宋坚喝一声："不许哭！"雅倩立即忍住了哭声。

在宋母的卧室，宋母正在悲怆地自语："我能摸得出来呀，他的双腿已经不是原来的了，两只胳臂不是原来的了，躯干也变了，连头颅也换了。这是咋回事哟，坚儿还是我的坚儿吗？"

刘妈沉痛地说："是那个赛斯与莫尼公司把坚儿偷走的，就是那个上次来的钱先生。"

宋宅　日　内

宋坚醉醺醺地要往外走。雅倩跟在后边，欲喊又不敢。宋母在客厅里，听到了儿子的脚步声，便站起来。母子两人面面相对。他们的表情十分复杂，在冷淡中也掺有一些疚痛。二人默然良久，宋母冷冷地说："你们结婚六年了，为什么不给我生个孙子？"

宋坚知道母亲的要求没有什么不对的，他喃喃地说："好嘛，就给你生个孙子。明天就让那个女人给你生一个。"

宋母对他的醉态又是烦厌，又是心疼。但她最终没有再说话，沉着脸走了。宋坚醉步踉跄地正要往外走，忽然看到了老爹的遗像，便回过头醉眼乜斜地瞟着相片，嘟哝道：

"你也想要个孙子吗？我让那婆娘给你生一个。可是，只有一个小问题，"他笑起来，但笑容里浸着苦涩，"只有一个小——小——的问题。我的四肢、躯干、头颅都换了，连男人的那个玩意儿都换了，换成不知道哪个王八蛋的了，只有这1500克的大脑还是爹妈的血肉。那么，我生的儿子算不算我的儿子？你的孙子？"他打着酒嗝，咯咯笑着，以局外人的心态揶揄地说："说呀，你说算不算？"

他的粗野和深藏的悲凉使身后的雅倩很吃惊，也使倚在二楼栏杆上的刘妈很难过。

舞厅　晚　外

那个背马桶包的"纯真少女"正在舞厅门口寻找嫖客，忽然看见宋坚下了汽车，踉跄地走过来。少女略为吃惊，她羞涩地欲躲避，但宋坚已经看见了她。他恶意地笑着，唤道：

"来呀，来呀，你不认得我了吗？你没有洗手不干，我也不是那个好男人了，咱俩是挺般配的一对儿。走吧。"

他搂着那个少女上了汽车，对司机说："找一个僻静的宾馆。"

司机又是鄙夷又是伤心地瞟主人一眼，默默地开上车走了。

宾馆　晨　内

一个十分豪华的房间。少女已经起床，穿着很暴露的内衣在梳洗。宋坚赤着上身躺在床上。他已经从醉酒中清醒，但目光十分空洞。少女过来，媚笑着说："宋先生，记得你给我的一万元支票吗？我一直盼着能报答你。"

宋坚冷冷地看看她，翻着眼睛想自己的心事。忽然他蹙起眉头，表情痛苦。少女吃惊地问："宋先生，你怎么啦？"

突如其来的剧痛使他抱紧脑袋，在床上翻滚着。少女惊慌地看着他，不知道该怎么办。扑通一声，宋坚从床上跌到地上。少女不再犹豫，忙翻检他的口袋，找到一张名片，便去拨电话："是宋先生家吗？这里是金城饭店2131号，宋先生忽然头疼，症状十分凶猛，请你们快来人！"

电话中是雅倩焦急的声音："喂，你是谁？"

少女立即放下话筒，转身欲走。她又回过头，盯着在地上辗转的宋坚，一边翻检他的钱包。她把钱包中的现金装入口袋，把支票和证件等仍放入包内，然后急急出门。少顷响起汽车喇叭声，司机和雅倩冲进室内。雅倩直着嗓子喊："阿坚！阿坚！你怎么了？"

几名男护士也急急地冲进来。

医院　日　内

宋坚躺在病床上，两眼茫然地瞪着无物。时时有头痛袭来，使他咬紧牙关。七八名医护在病床周围忙碌，雅倩在床后啜泣。宋母和刘妈脸色焦灼，但她们不愿意走近。钱与吾趴在床头大声地断续地说着：

"你的大脑灰质有极少见的过敏性，对新脑颅有中毒性反应……绝不是我公司产品的质量问题……可以给你换脑，不不，你依然存在，你的思维将全部移入新大脑，就像旧抽屉里的东西倾倒进新抽屉……为表示同情，这次思维导流术我们仅收50%的成本费，计123万元……"

宋坚好像没有听见，他的目光十分空洞。手术紧张地进行。镜头进入他的脑海，在一种不似真实的幻化的环境下，他的大脑被慢慢抬出头颅，暂放到一个仿形容器里。一个新大脑缓缓移入那个刚刚掏空的脑颅里。忽然他的整个意识被龙卷风吸起来，通过一个绝对黑暗的喇叭口通道唰唰地流过去。镜头拉近，这个通道口原来是铜钱中的方孔。钱先生的变形的眉眼在旁边诡秘地窥视着。忽然他的身体内也涌出一股光流，跟宋坚的意识流并起来，通过那个方孔。眼前豁然开朗，那些意识的碎片熙熙攘攘地乱过一阵，便像蜂群散归各自六角形的蜂巢。

病房　日　内

宋坚慢慢睁开眼睛，他的神智已清醒，目光清明，但浸透了疲倦和冷漠。雅倩笑吟吟地说："阿坚，你醒了？今天是10月20日，你已经睡了三天三夜了。"

宋母被刘妈扶着，从床后过来，她们都忍不住对"儿子"的挂念，又抑制不住对这个陌生人的冷淡。两人仅冷漠地同宋坚点头招呼，尔后便踽踽而去。

学术厅　日　内

钱先生满面笑容地立在长桌前，他身后是一群身着白褂正襟危坐的先生，每人面前的桌面放一个写着各人名字和职务的牌子。雅倩在后排，正与那位美男子阿杜兴致飞扬地聊天。宋母和刘妈坐在角落里，她们都是一身黑衣，表情阴晦而决绝。钱先生亲切地说：

"衷心祝贺宋先生康复。为了对思维导流术有一个客观的评价，我公司特地请来了全国的神经学和心理学泰斗为你做一个最严格最权威的鉴定。现在由我来问你一些问题，请给予清晰肯定的回答。好，我的第一个问题，你是谁？"

宋坚沉默了很久。长桌后的众多权威沉默静思如老僧入定，他们大都鹤发童颜，仙风道骨。钱与吾从容自若地笑着，像一个老练的节目主持人。

"我曾是宋坚。"宋坚缓缓地说，"我是亿万家财和一个美女的主人，又是他们的奴仆。现在我是赛斯与莫尼公司的代号宋坚的一件新产品。"

钱先生满意地笑了，回头介绍道："这正是宋先生特有的机智与玩世不恭。各位先生请提问题吧。"

宋坚忍住烦躁回答权威们的问题。

"请问你的年龄？"

"我今年36岁，属鼠，"他苦笑道，"恐怕这正是我性格的象征，胆怯和逃避。"

"你的学历？"

"仅高中毕业，因为我富得没必要上大学。细想起来，金钱并没有给我带来多少幸福。"

"请你回忆一件少年最得意的事？"

"最得意的事？大概是小学时放风筝比赛了，我自制的知了风筝得了第一名。风筝飞得那么高远！蓝天和白云是那么纯净！……还有一件得意事，我轻而易举地骗了一个叫宋坚的傻蛋，推销了553.4万元货物，我自己得了7%即38.7万元回扣。最后的这次思维导流术实际只需要60万，我收了他123万。其实促销方法再简单不过了——从夫人处迂回进攻，循序渐进。"

他忽然顿住！他的思维在瞬间崩溃，变成一片空白。他惶然四顾，低声自语道："我骗了一个叫宋坚的傻瓜，那么我是谁？我自然是宋坚，那么是我骗了我自己？天哪，这是怎么回事？"

他的神情越来越狂暴，瞪着血红的眼睛，狂怒地嘶声说着："纵然我自知已成了一件赝品，但至少我要知道我的正式代码是什么！"

对面几位科学泰斗已觉察到异常,惊惧地面面相觑。宋母和刘妈目睹这一切,热泪夺眶而出。曾为宋坚做手术的一名中年医生紧张地俯在钱与吾耳边,低声说:"一定是做思维导流手术时,把你的一些伴生思维无意中掺杂进去了!怎么办?"

钱与吾做手势叫他们镇静,他缓缓走过来,甜蜜地微笑着。宋坚狂怒地扑过去,紧紧掐住他的喉咙,得意地看着他在垂死挣扎。

回到真实的场景:宋坚并未真的扑过去,他只是从牙缝里嘶嘶地骂:"你这个畜生!"

钱与吾的微笑冻住了,逐渐转为狞笑,这位笑弥陀变得十分狰狞。他一字一句地说:

"希望宋先生识相一点,你可能还不知道有一条法律吧。按这条法律规定,人身上人造器官不得超过50%,且大脑不得更换,否则此人不再具有人的法律地位。宋先生是否希望雅倩女士成为亿万家产的新主人,并带着家产下嫁一位新的白马王子?"

宋坚咬着牙冷笑道:"你以为我会关心这副皮囊吗?它的穷富荣辱甚至生死存亡关我什么事!"

钱与吾立即机敏地微笑道:"既然如此,你值得为它斗争吗?"

这句话正好击中了宋坚与生俱来的劣根性,他的愤怒开始泄气,目光也变得疲倦。

钱先生又笑了,笑得十分和蔼,一派长者之风。他诚恳地说:

"当然我们不会这样做。我们有自己的职业道德,我和这几位先生会终生为你保守秘密,宋先生只需每年支付50万元的保密费。"

后排的几位科学泰斗又恢复了老僧入定的姿态。

钱先生与几位权威们装模作样地讨论一番,回到台前笑容灿烂地宣布:"经权威们一致认定,思维导流术质量完全合格!"

热烈的掌声,镁光灯闪烁不停。一位仙风道骨的老者为宋坚颁发了一册装潢极漂亮的证书。宋坚漠然与钱先生和几位科学前辈握手,漠然挽着雅倩的手臂,在镁光灯的闪烁中走出赛斯与莫尼公司。

钱与吾走到权威们身边，以施舍者的大度微笑着低声道："谢谢各位，敝公司对各位有一点小小的馈赠，就在各人的识别牌下。"权威们正气凛然，但都熟练地摸出红包悄悄装进口袋。一直默默坐在角落里的宋母和刘妈这时离开座位，慢慢向钱先生走过来。钱与吾发现了，疑惑地看着她们。刘妈微笑着说："宋家老太太想亲自向钱先生表达她的谢意！"几架摄影机立即对准了这儿。钱与吾也立刻精神抖擞地进入角色，慈祥地微笑着迎过来，向两个老妇伸出双手。

宋母忽然凄厉地叫一声："你还我的儿子！"两个女人都从怀里掏出剪子捅过去，拔出来再捅。钱与吾恐惧地尖声叫着，跟跄奔逃。没有人救援，只有镁光灯闪烁一片。

公司门口　日　外

宋坚挽着夫人，在记者的追逐下走出大门。门外仍是老样子，赵公元帅和关二爷领导着两排高雅的裸体雕塑，金钱造型的公司徽章在人们头顶闪光。宋坚和夫人坐上罗尔斯—罗伊斯轿车，绝尘而去。

钱与吾跟跟跄跄逃出门外，两个愤怒的女人紧紧追赶，后面是兴奋欲狂的记者，就像发现了死尸的秃鹫。钱与吾缓缓倒地，在他的意识中两排塑像也无声地倾颓，崩裂。

公路　日　外

汽车里，雅倩紧紧偎着丈夫，兴致勃勃地唠叨着："钱先生说我的两个耳朵稍有些不对称，虽然不影响我的美貌，但最好还是更换一对儿。阿坚，你说呢？"

宋坚漠然置之。他的话外音："我知道，几个月后雅倩也会从头到脚焕然一新。"

生命之歌

孔家　日　内

宪云话外音：我五岁那年，爸爸生了一个可爱的机器人弟弟。我永远忘不了那一天……

五岁的小宪云在弹钢琴，手法娴熟。母亲在身后注意地倾听着。一曲既毕，母亲卓心茹鼓掌：

"云儿，弹得很好。注意这一段的节奏。"她非常娴熟地单手弹了一段。"好，结束吧。今天是你爸爸最重要的日子，咱们也到实验室里去看看。"

宪云跳下琴凳，妈妈合上琴盖。一只白猫立即跳到宪云怀里。宪云喊："妈妈，白雪什么时候做妈妈？"

"快了，再有半个月吧。"

院内　日　外

妈妈拉着小宪云，穿过林荫路到实验室去。院内绿树掩映，前边树荫后矗立着极现代化的实验大楼，身后是中国古典风格的住室，飞檐斗拱。妈妈沉思着，既兴奋又紧张，宪云喋喋不休地问：

"妈妈，爸爸怎么生小弟弟？小元元在他肚子里吗？"

"不，在实验室里。"

"小元元会长高吗？"

"会。他是最新型的生物机器人。"

"会吃饭吗？"

"会。"

"会哭吗？"

"唔，这我可不清楚。"

栅栏外有人在喊宪云。是六岁的男孩何应龙。他大声问：

"是今天生吗？"

"对。你过来吧！"

他从栅栏缝中挤过来，人长得机灵，在宪云面前有兄长的风度，他很有礼貌地说：

"卓阿姨，我也想看小元元出生，可以吗？"

宪云妈笑着点头，宪云拉着他的手一块儿往前走。前边出现实验大楼和铜制铭牌：孔昭仁生命研究所。

实险室　日　内

极为宽敞的实验大厅。全景观察窗把大厅隔为内外间。外间有很多中外记者，摄像机已架好，液压起升的拍摄架上也站上了人。大厅肃然无声，庄严中有紧张的期待。

内间，试验人员正在紧张准备，中心人物是36岁的孔昭仁教授，冷静中微露亢奋，身材颀长，表情坚毅，正有条不紊地下达着命令。宪云咯咯地笑着，大声喊：

"爸爸！"

清脆的童声在大厅的肃穆气氛中激起了涟漪。一些熟识的记者过来同宪云妈握手，低声祝贺。宪云也感觉到了这种气氛，压低声音问：

"为什么这么多人来看小元元出生？它很重要吗？"

一个中年记者半开玩笑地说："当然！也许只有一件事可以与之相比，那就是上帝造人。"

宪云认真地说："我知道这是神话，人是猴子变的。"

众人笑而不答。

内室还有一个很大的电脑屏幕，屏幕上是一个奇特的电脑合成面孔，它将在影片中代表沃尔夫电脑的人格。沃尔夫说：

"沃尔夫报告，准备工作全部完成。"

他的声音很特殊，带着金属声音，令人过耳不忘。孔昭仁微笑道：

"好，谢谢你，沃尔夫。"

他走出内室。记者们立即蜂拥而上。一个50岁左右的节目主持人侃侃而谈：

"今天将是智能人发展史上的里程碑。孔教授研制的这种生物机器人具有最先进的生物元件电脑，它的本底智力远比人类强大。它不输入任何既定的程序，也像人类婴儿一样头脑空白地来到这个世界，牙牙学语，蹒跚学步，逐步感知世界，建立自己的心智系统，现在请孔教授讲话。"

孔教授微笑地说："我想以这种从零开始的成长过程来验证机器人建树自我的能力，当小元元冲出混沌建立自我时，可以说，地球上从未有过的一种新型生命就诞生了。那时，人类将代替创造生命的上帝。"他的谦逊中带着骄傲。

一个白人记者问："听说这个机器人有一个中国式的名字：孔宪元？"

孔教授："对。小元元将在我家生活。我们很关心他能与人类父母建立起什么样的感情纽带。"

记者："你是说，机器人也会具有人类之爱？"

"众所周知，感情是比智力更复杂的物质运动，对此人类的了解还很不透彻。但我相信我们会彼此相爱，要知道，元元的出生比怀胎十月远为艰难，我怎么能不爱他呢。云儿，你会喜欢元元弟弟吗？"

宪云咯咯笑着喊："当然！"她的天真使过于凝重的气氛活跃起来。另一名记者笑问：

"他是不是像阿童木一样神力无敌？"

孔笑答："他的体能远比人类强大。既然能做到，我们为什么不让他尽善尽美呢？当然，他不会像阿童木那样神力无敌。"

主持人："德高望重的前辈、原科学院院长陈若愚先生也莅此祝贺，请他讲几句。"

一个瘦削的白发老人悄悄立在后排，人们顺着主持人的目光看见了他，几个人忙过来搀扶。老人笑着谢绝搀扶，步伐矫健地走到台前。他宽厚慈爱地说："向孔先生祝贺。小元元的出生无疑是划时代的大事。大家知道，地球生命的进化是何等艰难的跋涉，从闪电在地球原始大气中激发出的第一个氨基酸分子，到今天的万物之灵人类，整整走过了45亿年历程。多少物种在进化中悲壮地失败了，消亡了。人类是吃到智慧果的唯一幸运者。而现在呢，我们在顷刻之间就能造就一种新的生命，还赋予他远比人类强大的智力。我简直有点嫉妒了。"

主持人敏锐地评价："我想陈先生是委婉地表示了对元元的戒心。"

陈先生苍凉地说："但愿这只是一个老人的多虑。人类对电脑的依赖早就不可逆转，不过，从本质上讲，它们只是一种智能机器，只能被动地从属于人类。但建树了自我的元元是否会主动参与和改变世界？那时的世界，人类是否还能控制？让我们拭目以待。"

主电脑发布命令："沃尔夫电脑宣布，现在进入倒计时。"

主持人和陈先生等均退到一边。人们静下来。

计数声在空旷的大厅里回荡：

"10、9、8、7、6……"

全部镜头和灯光转向平躺在工作台上的小元元，他的外貌像三岁的小男孩，全身赤裸，闭着眼，眼帘很长，憨头憨脑，模样逗人爱怜。随着计数声，镜头延伸到元元脑内。先是一片混沌，逐渐迸发出七彩闪光，过渡到扭曲流动的七彩人形。计数声数到"1"，他慢慢睁开眼睛，视野逐渐扩大，视野中是清晰的变形的倒立人像。他眨眨眼睛，视野中出现正立人像，孔教授和许多人正关切地看着他。宪云笑容灿烂，张大嘴巴无声地喊着。还有妈妈疼爱的目光，小龙的震撼表情……

万籁俱静，忽然一声震撼人心的带有金属声音的儿啼。

儿啼声延续，推出片名"生命之歌"。

儿啼声延续，推出演职员表。

孔家　日　内

宪云奶正在厨房里忙活，她满头白发，精神矍铄，性格刚强。这会儿她正不满意地咕哝着：

"这世道越来越邪门了！自己不生儿子，领个机器人当儿子，他能接孔家香火？能结婚生子？"

宪云妈欢天喜地地抱着光屁股的元元回家："妈，快来看元元！"

小宪云和小龙也兴高采烈地前后蹦跳："奶奶，快来看！"

宪云把奶奶从厨房硬拉出来，奶奶一见元元就愣了。元元像一个三岁大的男孩，肉乎乎的，小鸡鸡撅着，两只大眼珠乌溜溜地盯着她。她惊讶地问："这就是那个机器人？"

宪云妈笑了："没错，您以为他像洗碗机呀！"

奶奶抱起来拍拍屁股，颤悠悠的震手，她问：

"生下来就这么大？"

"对，制造时就给了他三岁的身体。"

元元一直傻笑着看着大家。奶奶问："会说话吗？"

"不会。不过学说话应该很容易，他的大脑已发育完全了。元元，喊奶奶，奶奶。"

元元吃力地搬弄着舌头："奶——奶。"

奶奶大喜："哟，真是个乖孙子。"她对刚进屋的儿子兴冲冲地夸耀："元元会说话了。第一声喊的就是奶奶！"孔教授也很高兴。

宪云和小龙也急不可耐："喊姐姐！喊哥哥！"

孔家　日　内

全家人围在桌旁，奶奶抱着元元在喂饭，他的一双黑眼珠骨碌碌乱转。小龙也在桌旁，宪云妈说：

"小龙，快吃，不许客气！"

宪云笑着："他才不会客气哪，妈，甭管他！"

元元在玩刀叉，奶奶哄他："元元，再吃点，吃饭多长大个！"

孔教授也微笑地看着儿子，但他的关切中另有研究者的冷静，他说：

"保姆明天就来。不是机器人保姆，我想让小元元在人类环境中长大。"

宪云奶说："不用请保姆，我来照护他。"

孔教授与妻子都说:"妈,您已经70岁了……"

"70岁怎么了?我的身板蛮硬朗,再说,有这么个小人精搅和着,说不了我能多活几年哩。"她很有威势地说,"就这么定了!"

宪云:"奶奶,我不上课时也帮你!"

小龙:"还有我!"

元元不甘落后,也含混不清地说:"还有我。"众人大笑。

院子　日　外

宪云妈,奶奶和宪云抱着元元来到院子,奶奶担心地说:"他才生下来三天就学走路?太早了吧。"

宪云妈笑道:"让他试试吧,我看他的小胳膊腿儿蛮硬朗的。"

宪云在前笑着拍手:"元元,快过来。不要怕!"

元元脱离了大人扶持,摇摇晃晃地站在绿茵中,他胆怯地试着抬起一条腿,身子立刻要倾倒。大人急忙伸手欲扶,但元元已稳住身子。

一个飞速流淌的电脑程序。元元迅速汲取着环境参数,调整自己体内的指令,终于稳稳当当地迈出一步。

宪云欢呼起来。孔教授在远处微笑地观察着。

松软的草地上留下一串脚印。但元元随即越走越快,转眼间飞跑起来。大人的喜悦变成惊慌:"元元,站住!等等我!"

元元咯咯大笑着,从宪云的腋下钻过去,继续飞跑。几个大人在后边围追堵截,孔教授也参加进来。

菜地　日　外

无边的菜地,一片耀眼的金黄。元元在菜地里奔跑自如,大人们喊叫堵截。

公路　日　外

元元穿过菜地,对面即是车来车往的交通干道,元元略略止步,后边的大人们喊声都直了:"元元!千万别穿公路!"

元元顽皮地笑着,径直跑上公路,汽车慌乱地打转向,踩刹车,一片尖锐的刹车声。仍有一辆货车刹不住,照元元撞过来。所有大人恐惧地闭上眼。

时间停滞了。但他们似乎仍听见元元的笑声,睁开眼,元元正撅着屁股推那辆货车,小脸累得通红。货车前轮已离地,司机目瞪口呆。

孔教授揩掉冷汗,忙过去抱起元元,向各个司机点头致歉,司机们满头雾水地开车走了。

元元奶瘫坐在地上,老泪横流:"元元,你把奶奶吓坏了呀。"

元元知道自己做错了事,便趴在奶奶身上又是擦泪又是嘘气:"奶奶,不哭。元元不跑了!"

元元妈为丈夫擦汗:"这孩子真了不得!"元元爸疲乏地苦笑。

孔家　日　内

宪云闯进元元住室喊:"元元快起床,老猫生崽了!"

元元表情木然,宪云咕哝道:"忘了按开关了。"她在元元腋下熟练地按了一下。元元慢慢睁开眼睛,立刻生气勃勃地跳下床。

两人逗弄小猫,老猫护崽,凶恶地咆哮和抓挠,二人吓哭了。但元元旋即发现自己不会流泪,他惊奇地研究姐姐的泪珠:"姐姐,这是什么?"姐姐给逗笑了:"这是眼泪!小傻瓜。"

元元:"为什么我不会流泪?"

"你是机器……"宪云转动着眼珠,忽然灵机一动,"你一定是在假哭!"

元元不好意思地承认了,旋即又说:"那天我真哭来着,还是不会流泪,为什么?奶奶!"元元大声问,"为什么我不会流泪?"

奶奶在厨房里笑着咕哝:"你个机器人小崽子,样样学姐姐的样儿。"她走出厨房,用围裙揩揩手,一本正经地说:"你是男子汉啊,男子汉不流泪。"

元元似懂非懂地说:"噢。"片刻后又抬起头,认真地探索着:

"男子汉也不做梦吗?"

奶奶不解地问:"什么?"

"云姐姐说她会做梦,我为什么从来不做梦?"

奶奶穷于应付:"再长两年你就会做梦了。"

"真的?"

院子　日　外

三年后,葡萄架下的石几上扔着几本书、微型电视和随身听。八岁的宪云和九岁的小龙刚下完一盘象棋,小龙心悦诚服地说:

"小云,你真厉害!不愧是全国少年冠军。"

宪云骄傲地说:"从我两岁起爸爸就教我下棋。"忽然看见元元跑来,忙说:"快,元元又要缠我下棋了,把棋收起来!"

六岁的元元已经看见,立即高兴地跑过来:"姐姐和我下两盘,好吗?下两盘好吗?"他一个劲儿央求,"要不,这盘我让你赢,好吗?"

宪云只好摆下棋子。

小龙很有兴趣地观察着这个好强的机器人。元元很快忘记了"让你赢"的诺言,行子如飞,一边不耐烦地喊着:

"姐姐,快点!"

宪云狼狈支绌,情急中调皮地向小龙笑笑,偷偷伸手按下元元的睡眠开关。元元忽然木立不动,表情也变得痴痴呆呆。宪云偷走了他一只车,又按下睡眠开关,元元的表情立刻变得鲜活灵动。他看看棋盘,大叫道:

"我的车呢?你赖皮,又偷了我的车!"

宪云大笑着拂乱棋子,起身逃跑,扑到正好走来的爸爸怀里。"爸爸,也给我换一个最聪明的机器脑瓜吧,像元元那样,行不行?"

爸爸嘘了一声,示意不让元元听见。宪云很懂事地小声说:"我懂,不能让元元知道他是机器人,要不他知道没有亲爸妈,会难过的。"

元元追上来不依不饶,爸爸笑着说:"真的吗?小龙你说,到底是谁赖皮?"小龙笑着指指宪云。"好啊,元元你说该怎么罚她?"

"罚她再和我下两盘。"

宪云嚷道:"元元你饶了我吧,我认输还不行吗?"

孔家　日　内

三个电脑终端上都是沃尔夫的合成面孔，三个孩子正在学习。小元元对着的那个合成面孔最先露出笑容：

"元元，你今天的功课通过了。"

元元高兴地起身，忽然回头说："沃尔夫，咱们下盘围棋吧。"

"好的。今天我要执黑先行。元元，很快我就下不过你啦。"

沃尔夫的面孔下出现一个棋盘，已落下一颗黑子。元元用手触摸屏幕，上边随之布下一个白子。沃尔夫随之再应下一个黑子。两人边下边聊天。

元元问："沃尔夫，你每天关在这个方框里，不觉得闷吗？"

沃尔夫歉意地说："元元，我没有感情，不知道什么是闷。但我并没有关在方框里。通过互联网络，我和全世界的电脑都在联系着。"

"你们在一块儿玩儿吗？聊天吗？"

"不。我们只有工作。"

"你们有没有奶奶、爸爸、妈妈和姐姐？"

实验室　日　内

孔教授正在观察屏幕。屏幕上小元元仍在胡侃：

"沃尔夫，电脑世界里有国王吗？"

"没有。"

"我去当你们的国王，行不行？"

沃尔夫迟疑地说："我不知道该怎么回答。"

元元大笑，孔教授也笑了。

孔家游戏室　夜　内

元元正和几个小孩玩仿真游戏。一个男孩说："元元，这次该你当太空机器人了。"

元元俨然是他们的首领，不容置疑地说："不，我还当地球人。"

电子游戏室面积很大。正中是一个巨大的电视屏幕。屏幕上是逼真的太空作战场面,镜头拉近,太空飞船的驾驶员原来都是一些六七岁的小孩。

室内声音嘈杂。元元和五个小孩操纵着遥控器,在地板上互相追逐。这是一种虚拟真实的游戏。小孩们的每个动作都在屏幕上被重复,但自动加上太空、飞船、宇航服等背景。元元在保护着一个女孩,对付其他四人的围歼。女孩尖声叫道:

"后边!"

元元迅速转身。他脑中出现雷达屏幕一样的搜索、定位程序,光环套住一条飞船。

元元开炮。屏幕上几束激光打得一艘飞船凌空爆炸。一个太空机器人惨叫着掉入太空。

真实世界中,那个男孩不情愿地退出战斗。

元元身手不凡,几艘敌船相继爆炸。女孩抱着他欢呼起来:"元元你真行!地球人又胜利了!"

屏幕上出现宪云,身着将军服,在指挥塔上命令:"元元,该返航了!"

现实中的宪云。她微笑着关了游戏机,小孩们有礼貌地同他告别。

院内　晚　外

葡萄架下,奶奶坐在石几上,元元猴在她身上说:

"奶奶,接着讲女娲造人的故事!"

奶奶:"……女娲娘娘补完了被共工撞烂的天,又说,这么好的天地,空荡荡的没有人,多寂寞呀,就用黄泥团成小人,向他们鼻孔里吹进灵魂,呀,小人全活了!有男孩、女孩……"

元元:"奶奶,灵魂是什么样子?"

奶奶:"灵魂看不见,摸不着。可是没有它,人就是死眉死眼的泥巴胎;有了它,就能活蹦乱跳。"

宪云呵斥道:"元元下来!奶奶老了,别猴在奶奶身上!"

元元听话地下来,说:"奶奶,我给你捶捶背。"他用小手捶起来。

奶奶欣喜地说："真是我的乖孙子。"她忽然伤感起来："奶奶老喽，活不了几年了，怕是看不到云儿和元元长大啦！"

元元说："奶奶，我不让你老，也不让你死！"

奶奶失笑道："哟，这你可做不到。人再强，强不过无常。自打盘古开天地，女娲造人，世上生灵都是这么生生死死，一代一代传下来的，谁也逃不脱。奶奶死后，只要你们记得奶奶，我就闭眼啦！"

元元懵懵懂懂地说："奶奶，我一定记得你。"

这时的宪云已经知道了伤心，眼眶中涌了泪水："奶奶，不许你说这些话。"

奶奶笑道："不说这些了，来，奶奶教你们认星星。"

浩瀚的星空。

日　外

朝霞满天，太阳从地平线上冉冉升起。

孔家　日　内

元元妈准备出门，向元元奶交代："上午我有一个音乐讲座。元元今天生日，生日蛋糕已经预订好了，你再向超市订几个菜。"

她匆匆出门。小龙随之捧着一个礼盒进门："小云，元元呢，我给他的生日礼物。"

宪云："刚才还在这儿呢，元元！"

元元忽然从里间跑出来，带着哭声喊："姐姐，奶奶，老猫把小猫吃了！"

宪云和小龙吃了一惊，跟他来到里间。猫窝里有三只小猫挤着吃奶，旁边还有一只孤零零的猫头，痛楚地闭着眼，老猫则冷漠地舔着嘴巴上的血迹。小龙问："真是它吃的？"元元带着哭声回答："是，我亲眼看见的。"三人都受到极大的震撼。

爸爸悄悄进来，站在他们后边。宪云看见爸爸，带着哭声说："猫妈妈怎么这样狠心？"

爸爸平静地说："这不奇怪。人老惜子，猫老吃子。猫科动物的杀崽习性也是一种生存本能。母猫老了，不能奶养四个孩子，就拣最弱的一个吃掉，变成其他猫崽的奶水。这是另一种形式的母爱，虽然很残酷。"

三人愣了许久，元元说："姐姐，我们把小猫埋了吧。"

"好吧。"

三个小孩子小心地捧走猫头，埋在院内一棵石榴树下。三人在树前默立，连小元元也有了真正的感伤。后来小龙说："我要走了，我要去听卓阿姨的音乐讲座。"

元元："小龙哥哥，我也要去！"

宪云："好的，咱们三个都去。"

三人说走就走，奶奶欲拦阻，元元爸说："让他们去吧。"三人走后，爸爸说，"我今天没工作，跟在他们后边照看。"

音乐厅　日　内

门口电子广告牌显示着："中国音乐学院卓心茹教授专题讲座：基因音乐。"

三个小孩溜进后排，孔教授也悄悄进来。坐在另一侧。元元妈身后是一台钢琴，她风度优雅地讲着：

"我是一名生物学家的老伴，所谓近墨者黑吧，我今天讲的内容也是生物与音乐的联姻。"

她在身后的屏幕上打出脱氧核糖核酸的双螺旋结构：

"这就是生物遗传信使 DNA 的双螺旋结构。遗传基因是大自然 45 亿年进化的结晶，是最神秘的天书。虽然内容浩繁，但它仅仅由四种砖石，即碱基组成，正如七种砖石构成琳琅满目的音乐世界。所以 DNA 结构与音乐有一种天然的联系。随便找一种生物的 DNA 结构序列，把 A、G、T、C 与哆来咪发唆拉西进行某种代换，就成了美轮美奂的乐曲。可以说，人类和其他生物对音乐的迷恋，正是由于体内 DNA 结构对乐音的谐振。"

"小小的 DNA 中包含了生物的全部信息，包括生物形态、习性甚至生物的生存欲望。生存欲望是动物最强大的本能，即保存自己，延续后代。有了它，母狼会为狼崽同猎人拼命，公螳螂在交配后心甘情愿被母螳螂吃掉，鲨鱼兄弟在母腹内已开始自相残杀，庞贝城的妇人在火山爆发时用身体掩护孩子。我参观过庞贝遗址。在炽热的火山灰中，人体都气化了，留下一个个孔穴。考古学家把石膏倒进孔穴，就再现了当时的情形。母亲用力撑着躯体，为孩子们挣得最后一点空间。那种凝固的人类之爱是极其震撼人心的！"

屏幕上打出了庞贝遗址的画面。卓教授的声音激昂苍凉，浮在画面之外：

"生物世代相传的生存欲望是一首最悲壮最灿烂的生命之歌。人类迟早会破译它。现在，我为大家演奏一首简单的基因音乐，它是由人类DNA结构中一个片断代换而成的。"

她的演奏雄壮深沉，听众都陶醉了。包括三个孩子和孔教授。

演奏结束，听众拥上前去，三个小孩则悄悄离去。

文化宫院内　日　外

三人边走边议论，小龙说："小云，你妈妈讲得真好！"他的表情表明他确实被感动了。

元元忽然说："云姐姐，你看！"

体育场前巨大的动态电子广告："世纪之战！围棋世界冠军周昊对深冷电脑！这场世纪大战已进行了七届，电脑以4：3暂时领先。"

元元欢欣雀跃："哥哥，姐姐，咱们也进去吧！"

体育场内　日　内

40岁的周昊和深冷电脑在体育场中央一个透明静室中对弈。深冷是一个方头方脑的机器人，用一只机械手挪动棋子，比赛已近尾声。周昊苦苦思索。

元元等三人买了望远镜后进场，孔教授也买了望远镜，悄悄进来，坐在后排。元元用望远镜观察着，着急地低声说：

"周伯伯要输，他这一步是缓招！"

小龙和宪云听不懂，他们笑着互相望望，目光中是对元元的钦佩。

周昊经过长考后推盘认输。裁判宣布比赛结果，请双方讲话。电脑发出一种节奏准确的金属嗓音：

"很高兴能战胜杰出的周昊先生。感谢我的创造者，他们赋予我无比的智力。"

周昊悲壮地说："我已经称雄棋坛 40 年。坦率地讲，在人类中没有遇到旗鼓相当的对手。但今天我不得不向电脑递降表。我已尽了全力。看来在围棋领域，人脑对电脑的劣势已不可逆转，自然界 45 亿年进化出来的人类智力已经该淘汰了。从今天起，我将退出棋坛。"

他的讲话在观众中激起一片苍凉的情绪，孔教授也陷于沉思。忽然他发现小元元的座位已空，他用望远镜寻找着，终于捕捉到他。他正在椅背上灵活地跨跳着，跳到场中间。在万头攒动的背景下，他的身影显得很小。

周昊刚走出透明的静室，忽然一只小手拉住他："周伯伯，你在第 84 招时下了个缓招，要不，也许会赢！"

周昊打量着他，饶有兴趣地说："小鬼头，你也会下棋吗？"

两人急促地交谈着。

扬声器中笑着宣布："现在通报一个有趣的赛场花絮。一个六岁男孩孔宪元愿意向深冷挑战，有兴趣的观众可留下。"

观众熙攘着，大部分离去，只有少部分留下来。孔教授和宪云、小龙都来到场地中央，听到宣布后都笑了，孔拉着两个孩子坐下。

周昊激动地注视着赛盘，双方走步令人目不暇接。

飞速流淌的电脑选择程序，有深冷的，也有元元的。

这一盘很快结束，裁判惊讶地宣布："深冷仅以 1/4 子微弱优势取胜！"

周昊几乎目瞪口呆。元元虽败犹荣。观众均为之欢呼。宪云和小龙向元元冲过去，元元懊丧地说：

"周伯伯，可惜我没能赢它，为你出气。我下次一定能战胜它。"

周昊激动地问孔教授："请问，这是你的儿子吗？"

孔笑答："对。"

"他的天分太高了！我冒昧问一句，你们是否愿意让他跟我学棋？我愿把毕生的经验倾囊相授。也许只有他，才能使人类在围棋领域再当几年胜利者。"

孔教授犹豫着，没有回答。周昊的自尊心大受挫伤。他苦笑着说：

"请原谅，一个败军之将当不了他的教师。"他转身欲走，孔教授忙拉住他。犹豫片刻后，孔领他走到一边，低声说：

"我相信你，但是……"

元元在众人的簇拥下看到远处的父亲正和周昊密谈。他不在意地竖起耳朵，两人的微弱声音立即被放大，随之又滤去背景噪音。

"元元实际上是一个生物机器人。当然，他本人并不知道这一点。你可以看出，他在感情上还站在人类一边。"

元元十分震惊。

周昊十分失望，沉默片刻后苍凉地说："人脑是45亿年生物进化的顶峰。它是这样强大，竟然培育出了比自己更强大的对手。孔先生，上个世纪末，在国际象棋领域里电脑彻底战胜人脑后，围棋曾被认为是最适合人类特点、电脑最难取胜的棋类，但短短30年后又重蹈覆辙。人类科学家争先恐后地帮助电脑超过人类，难道就没有人在这种狂热中保持一点戒心？"

孔教授无言以对。元元咀嚼着这些话，震惊中也有痛楚。

孔家　日　内

餐桌旁已坐满了人，有元元奶奶、爸妈、宪云、小龙，他们笑嚷道：

"小寿星呢？生日宴会就要开始了，元元呢？"

孔教授说："我知道他在哪儿，我去喊他。"

元元正与沃尔夫在谈话，显得满腹心事的样子。孔教授远远停下，略为犹豫后，拐到另一间房内打开一个终端。

元元："沃尔夫，告诉你一个秘密，你不要告诉任何人。"

沃尔夫："听从你的吩咐。"

元元："原来我也是一个机器人啊，和你一样。"

沃尔夫的面孔调出惊奇："真的吗？"

"对，我今天才知道的。奶奶不是机器人，爸爸、妈妈不是，宪云姐姐也不是。就我一个人是机器人。我太孤单了啊。"

另一间屋内，孔教授担心地听着元元的独白："我想有机器人的爸爸、妈妈、哥哥、姐姐，很大一个机器人家族，一块儿生活在另一个世界里。沃尔夫，你愿意和我一块儿去吗？"

沃尔夫歉然地说："我不知道。"

孔教授沉思着关了电脑终端。

电灯熄灭，生日蛋糕上六支蜡烛摇曳着烛光。小孩们欢呼着：

"元元，快祝愿吧！"

元元也忘了那些心事，高兴地祝道："祝奶奶活一百岁！祝爸妈身体健康！"

宪云笑他："祝愿时不能出声，行啦行啦，吹蜡烛吧！"

元元吹熄蜡烛，孩子们欢唱着："祝你生日快乐，祝你生日快乐……切蛋糕吧。"

元元切下一块蛋糕，先送给奶奶："奶奶，你先吃。"奶奶笑得合不拢嘴。在欢乐气氛中，只有孔教授怀着某种"戒心"。他沉默一会儿，笑道：

"元元已经六岁了。孩子们，你们能讲讲今后的志向吗？宪云，你先说。"

宪云庄重地说："我要终生研究野生动物，到非洲大草原、亚马孙密林和太平洋海底去拍照。"

宪云妈无奈地说："昭仁，你把我的女儿拉走了，本来她很有音乐天分的。"

孔教授自豪地笑道："小龙呢？"

"卓阿姨，我是在听完你今天的讲座后才立下志向的。我要研究最灿烂最悲壮的生命之歌，研究所有生物的生存欲望，破译它的基因表达式。我想，有没有生存欲望，应该是人类和机器人的最大区别。"

孔教授受到震动，他仔细打量小龙，凝重地说："小龙，这是上帝看守得最牢的秘密。"

小龙坚定地说："我不怕！"

孔教授向妻子点点头，回头问小元元："元元，你呢？"

元元忽然想起自己的烦恼。他脱口说："我想当围棋世界冠军，替人类战胜电脑。可是，我不知道自己是不是机器人。"

餐桌上所有人都很吃惊，元元直视着父母问："爸爸、妈妈，你们告诉我，我是机器人吗？"

大人们面面相觑，难以措辞。孔教授艰难地说："元元，等你长大就明白了……"

元元气恼地站起来："我已经长大了！你们都骗我！"他忍着泪离席而去。奶奶等人急忙喊：

"元元！元元！"

院内　夜　外

夜色中元元含泪疾走，心里一遍遍重复着：

"你们都骗我！我是机器人！为什么只有我一个是机器人！"

后面很多人喊着追过来。元元左右看看，藏身在湖边的树荫中。宪云、小龙喊着元元过去了。奶奶也颤巍巍地过来，元元妈拉着她再三劝阻：

"妈，回去吧，元元不会跑远的，您快回去吧。"

元元妈也呼唤着走了。奶奶叹息着正要往回走，忽然听见细细的抽泣声，侧耳听听，向湖边走过来："是元元吗？元元！"

她在树荫下找到元元，元元在抽泣但没有泪水。奶奶怜爱地伸手拉他："元元，跟奶奶回家吧。"

元元挣脱了她的手："我不回去！"

激动中他忘了自己的力量，奶奶一跟斗栽下去，跌入水中。元元立即直着嗓子喊："奶奶！"他跳下去，举着奶奶上岸。

众人也赶到了。

孔家　日　内

医生诊断完毕说："肺炎，胫骨骨折引发感染，关键是年纪太大了。"

元元守在床头欲哭无泪："奶奶，我不调皮了，你快点把病养好，好吗？"

奶奶喘息着，挤出笑容："元元是好孩子。你永远是奶奶的乖孙子。"

孔教授敌意地盯着元元，又看看病中的母亲，低声说："妈，您休息吧。元元，你先出去。"

元元心中难过，百无聊赖地来到游戏室。几个小孩仍在玩仿真游戏，喊道："元元，快来参加！"

元元无精打采地摇头。

"元元，快来吧，还让你当人类首领，消灭太空机器人！"

元元突然发作："你们为什么要杀死机器人？我不许你们这样干！"

孩子们愕然，低声咕哝着："元元你怎么啦？机器人是坏人嘛。"

元元爸在门口出现，元元立即诉苦："爸爸，他们老要杀死机器人，我再也不和他们玩了！"

他忽然浑身一震，想到爸爸并不是机器人。他从爸爸的目光中也看出了戒备和疑虑。父子感情出现了第一丝裂痕。

孔家　晚　内

奶奶病情恶化，医生正在抢救。她示意孔教授过来。孔俯下身，忍泪说道："妈，您有什么吩咐？"

奶奶声息微弱，但目光明亮，思维反常地清晰。她断断续续地说："我要有个好歹，不许埋怨元元，听见了吗？"

孔教授哽咽地说："妈，我听到了。"

"还有，我看元元是另一个世界的人，早晚要离开咱们，要是到了那一天，你就放他走，放他一条生路。行吗？"

孔沉默良久，才回答："听见了。"

元元和宪云在外边哭喊，奶奶说："让他们进来，我想再见见他们。"

两人哭着扑到奶奶身边。奶奶抚摸着俩人的头，安详地笑了。

孔家　日　内

墙上是元元奶奶的遗照。孔教授神情怪异，目光粲粲，低声自语：

"是我害了她，是我创造的机器人害了她。"

元元妈担心地看着他，劝慰道：

"昭仁，不必过于自责，这只是一个意外。"

孔教授苦笑道："意外？对，一个意外。但他一定会制造很多意外。"

孔家　夜　内

孔教授在床上辗转，摄影机深入到他的大脑里。

梦幻般的太空景色。

衰老的孔教授在苦苦地寻找："元元！我的儿子！"他的喊声苍凉高亢，在虚空中回荡。

元元变得十分高大，他在云层里戴着可笑的皇冠，居高临下地说：

"爸爸，你不要再找我了。我已经带领机器人从人类手中接管了地球，我很忙。"

孔教授悲愤欲绝："元元，你是我的儿子，是人类的儿子啊！"

元元歉然而坚决地说："对不起，爸爸，是生命之歌让我这么做的。"

孔教授愤恨地说："我不会让你得逞，人类决不受机器人统治！"

元元焦急而怜悯地说："爸爸，千万不要这么顽固！你知道，人类所有尖端武器的主电脑都已受我控制。你难道愿意几十亿人死于战火吗？"

林立的导弹。打开的发射井。

元元爸从噩梦中惊醒，大汗淋漓。

实验室　夜　内

实验室内没有开灯，光线晦暗，衰老的陈院长坐在沙发内，听着孔教授的忏悔：

"元元奶的去世只是一个意外，但是，有了这样智力体力都无比强大的机器人，人类恐怕还得经受更严重的意外。陈先生，你的担心是对的，我准备先把元元的灵智囚禁起来。等到确认他和人类的感情纽带足够牢固，我再释放它。"

陈院长沉思后说："我赞成你的决定，先把元元的成长步伐放慢，使人类在大变前可以准备得充分一些。"

孔凄苦地说："按说，我该彻底销毁它，可是，我实在不忍心向自己的儿子下手啊。"

陈："不必太自责，我们尽人事听天命吧。我想，这个秘密就由我们两人来保藏。"

院子　夜　外

孔教授低头回房，思绪万千，是一种强烈的负罪感。

孔家　夜　内

元元正在沃尔夫屏幕前。沃尔夫问："元元小主人，有什么吩咐吗？"

元元怏怏不乐："沃尔夫，奶奶死了，我很难过。"

沃尔夫歉然地说："元元主人，我不懂得什么是难过。"

元元："奶奶死了，我永远见不到她了。我很难过，可是我不会哭。"

进来的小宪云听到了他的自白，泪水止不住流下来。爸爸走进来，神色怪异地说："元元，该睡觉了。"

元元奇怪地说："睡觉？现在才九点啊。"

爸爸不由分说，粗暴地掀开元元胳臂，摁了一下开关。宪云奇怪地看着这个场景，但爸爸没发现她。

元元脸部特写，眼睛闭上，表情消失。随后是蓝色的空背景，隐隐有人影晃动，听见低声的交谈。

"生存欲望冻结。"

"爆炸装置安装完毕。"

宪云话外音："我一直不知道，那天晚上发生了什么可怕的事情，反正自那时候起元元就停止生长了。"

推出字幕"30 年后"。

孔家　日　内

宪云在收拾行李，端详着一张张照片。她是一名干练的职业妇女，美貌中带着岁月沧桑。

全家福。奶奶、爸妈、八岁的宪云和六岁的元元。

全家福。爸、妈，宪云已成人，元元仍然是六岁。

全家福。爸妈、宪云夫妇、六岁的小元元。

全家福。爸妈、宪云夫妇及一对儿女牛牛和丁丁、六岁的小元元。

38 岁的宪云喟然叹息："妈，真快呀，转眼 30 年了。"

妈妈已是满头白发，关心地问："这次去非洲要多长时间？"

"一个月吧。"

"拍摄野生动物很危险的，千万要小心啊。"

"放心吧，我的老妈。我已经是老手了。再说，还有托马斯教授。"

"应龙还在实验室里？"

"对，准备进行第 20 次计算，也准备承受第 20 次失败。"她苦笑道："爸爸 30 年前说得对，生物生存欲望的基因密码，是上帝看守得最牢的秘密。这项研究简直是终生的苦刑。我奇怪的是，自从应龙接手研究所的工作后，爸爸竟然一次也没过问。"

宪云妈也苦笑着。宪云拿起电话，按了几个号码。

实验室　日　内

39 岁的何应龙正在忙碌，他英气逼人，但眉峰暗锁。他拿起听筒，宪云调侃地说："妻子马上要出远门，当丈夫的也不来送行？太薄情了吧。"

何应龙笑道："对不起，我马上去。"

他对助手交代："把扫尾工作做完就回去休息吧。养精蓄锐，应付明天的计算。"他苍凉地说："但愿这次能成功。20 年来已失败 19 次了。"

助手们面容沉重，躲避着他的目光。他抖掉沉重的思绪，笑道："我先走一步了。"

院内　日　外

　　元元和牛牛正在下棋，场面和 30 年前一样。元元仍然是六岁模样，牛牛差不多年纪，丁丁大约四岁。牛牛的棋势已很危险，表情狼狈，元元仍不留情地催促：

　　"牛牛，快走！"

　　牛牛调皮地向丁丁笑笑，偷偷按下了元元的睡眠开关。丁丁生气地喊：

　　"牛牛哥，你又要赖皮了！"

　　牛牛向她嘘了一声，转身打开终端，沃尔夫在屏幕上微笑着。牛牛急急问：

　　"元元舅舅走了马三进四，我该怎么走？"

　　沃尔夫笑着说："我也下不过元元。你可以车五平六。"

　　牛牛关了屏幕，忙走车五平六，又打开元元的睡眠开关。元元并不知道他损失的这段时间，疑惑地看看他，咕哝着："怎么像沃尔夫的棋风。"他低头思考。牛牛竭力忍住笑。

孔家　日　内

　　宪云和妈妈在窗户里笑看这一幕。宪云笑道："小赖皮。"

　　妈妈揶揄地说："忘了你 30 年前偷棋子啦？有其母必有其子。"

　　宪云沉重地说："妈，30 年前究竟发生了什么事？为什么元元从那时起就不会长大？爸爸从那时起变得乖僻阴沉？我尤其不能理解他对元元的……敌意。记得 30 年前他是多么喜爱元元吗？连我都嫉妒过。可是现在……"

　　孔教授的书房。窗户上挂着厚重的窗帘，光线晦暗。他埋在高背转椅内，表情冷漠。墙上的液晶屏幕正显示着宪云和妈妈的谈话。

　　宪云："他从不让元元离开他的视野，可是在家里他又从不正眼看元元！妈，我在非洲时，最担心的就是元元。他终日生活在爸爸的阴影里，太可怜了！"

妈妈苦涩地说："30年前元元突然停止成长，这个失败对你爸爸打击太大。他已经被失败压垮了。"

宪云犹豫地说："妈，是否请精神病医生为爸爸治疗？"

妈妈坚决地说："不。你知道老头子性格刚强，让他知道自己有精神病，会要了他的命。咱们对付着，让他安度晚年吧。有我在家照看元元，你不用担心。"

孔教授听到这些议论，仍然面无表情。他关了屏幕，屏幕立即转成一张孔子画像，巧妙地隐藏起来。

院子　日　外

何应龙和宪云并肩走过来，应龙对孩子们说：

"元元，你姐姐要去非洲了，跟姐姐告别吧。牛牛、丁丁向妈妈告别。"

几个小孩立即扑过来，元元与姐姐更像一对母子。丁丁告状道："妈妈，你说不许欺负小舅舅，哥哥又不听话啦，他在下棋时耍赖皮。"

牛牛瞪了妹妹一眼，满脸无辜地说："没有哇。"

宪云杵了他一指头："还抵赖，我在窗户里都看见了！"

元元只是傻笑，忽然说："姐姐，我也跟你去非洲！"

宪云哄他："元元，你还小，等长大再去吧。"

"我已经长大了，我已经过了29个六岁生日了！我比大人还有劲！"他从姐姐怀里挣出来，一下子把姐姐举在空中。宪云急忙喊：

"快把我放下来，你这个小坏蛋！"下来后，宪云慢声细语劝道："元元，爸妈年纪大了，姐夫工作太忙，元元得留在家里照护爸妈呀。"

元元慨然说："好，你放心走吧，爸妈还有牛牛、丁丁全交给我了！"

门外响起喇叭声。宪云说："托马斯先生来了。"

门外，托马斯坐在司机位上按喇叭。他大约60岁，身体健壮，脸色红润，宪云匆匆出来，丈夫、元元拎着大小衣箱。托马斯下来打开行李箱，何应龙同他握手寒暄。元元也很有礼貌地打招呼：

"托马斯伯伯，你好。"

"你好，小元元。上次伯伯送的羚羊角喜欢吗？"

"喜欢。谢谢托马斯伯伯。"

"等这次回来你想要什么？"

元元调皮地说："我想要一只犀牛，或一只河马。"

托马斯大笑："好，伯伯一定用皮箱装一只河马带回来。你先在屋里挖一个水池吧。"

丁丁说："托马斯爷爷，我也要一只河马！还有我哥哥！"

托马斯笑道："好的，好的。"

宪云妈也出来告别。宪云看见爸爸出来了，元元站在屋门台阶上。她向爸爸挥手：

"爸爸，我走了！"

爸爸默然转身回屋，宪云和妈妈相视苦笑。

汽车在告别声中开动。

飞机呼啸着升空。

非洲原野　日　外

托马斯驾驶一辆涂着伪装色的吉普在原野上奔驰。车后扬起灰尘和干枯的草叶。宪云心事重重。托马斯目光锐利地瞥她一眼，问：

"元元还是老样子？"

"对。他从六岁起就突然停止生长，心智也停滞在六岁的水平。只在棋类、数学方面保持着过人的聪明。"

"白痴天才？你父亲是一个失败的英雄。我年轻时就很熟悉他。他是一个极出色的天才，但很可惜，并不是每个天才都能成功。你丈夫呢？我知道他在探索生存欲望的传递密码，或者说是上帝创造生命的技术措施，他的研究进展如何？"

宪云心情沉重地摇头。托马斯沉默一会儿，又开口道：

"科学家们都是最勇敢的赌徒。他们在黑暗中凭直觉定出前进的方向，便把生命押了上去，在一万个岔路口即使只走错一次，也会与成功失之交臂。但这时他们常常已步入老年，来不及更改错误了。所以，"他半开玩笑半是苍凉地说："做科学家的妻子是世界上最艰难的职业，向你致敬。"

宪云笑了："谢谢你的理解。不谈这些了。我们这次拍摄的主题是什么？"

托马斯一挥手："我想给它一个哲理内涵，纪录片的名字我想定为'生命之歌'，它将表现在严酷的非洲旱季，各种生命的艰难挣扎。"

他微微一笑："其实这部纪录片的主旨与你丈夫的探索异曲同工。拍摄成功后你可以让何先生第一个观看，也许会对他的研究有所启迪。"

宪云莞尔一笑："谢谢。"

前面烟尘冲天，蹄声震地，一群角马铺天盖地地向车右侧跑过去。托马斯向后边的几辆车喊道：

"它们已经开始逃避干旱了，快，我们快追上！"

吉普车绝尘而去。

孔家　日　内

丁丁和元元正在玩宠物机器狗。屏幕上的小狗萎靡不振。丁丁焦急地说："他饿了吗？渴了吗？"

两人用键盘喂食喂水，宠物狗不理不睬。元元忽然想起来："今天是它四岁生日！"忙用键盘输入蛋糕和"祝你生日快乐"字样，小狗立即精神百倍，摇头摆尾，身体也猛然长大一圈，两人都高兴地笑起来。

丁丁："小舅舅，今天是你的生日，对吗？"

元元："对，妈妈已订了蛋糕。"

丁丁："你还是过六岁生日吗？"

元元："对，这已经是第 30 个六岁生日了。妈妈说，等我开始长大，我才能过七岁生日。什么时候我才能长大呢？"他的声音中透着苦恼和期盼。

丁丁："我也会过 30 个六岁生日吗？"

元元:"不,你不会。"

丁丁:"为什么?"

元元:"我不知道,反正你不会。"

牛牛在电脑前学习。他急急忙忙做完功课。电脑教师沃尔夫很快批改完,在屏幕上打出60分,并威严地说:

"牛牛,要认真学习!"

牛牛嬉皮笑脸地把东西收拾好,关了电脑,立即跑到元元和丁丁这儿:

"元元舅舅,今天是你的生日,咱们出去玩玩,好吗?"

元元难过地摇摇头:"爸爸不让出去。"

牛牛义愤地说:"外公是一个最专制的坏皇帝。他为什么老不让你出门?咱们瞒着他!"

元元摇摇头:"我答应过爸爸不私自出门。"

牛牛眼珠一转:"那咱们就不出门,可以吧。"

丁丁:"不出门玩什么?"

牛牛贼兮兮地打开电脑,吩咐道:"沃尔夫,向蓝天公司订一架双座直升机,让它停到咱们院里。"

沃尔夫恭敬地说:"是,牛牛小主人。"

牛牛笑道:"在院里坐直升机飞到外边,就不用出门了嘛,哈哈。"

少顷,一架无人驾驶的直升机停在院内。三个孩子欢笑着蜂拥而去,挤在两个座位上。牛牛吩咐:"北京游乐场。"

电脑驾驶员重复道:"是,去北京游乐场。"飞机轻盈地起飞。

孔教授在书房里,面色冷漠地监视着。他取出假发和假须化装好,来到院内。少顷,一架同样型号的直升机落到院内。孔教授坐上去,吩咐:"跟着前边的M-Z型直升机。"

"是,跟着前边的M-Z型直升机。"

黄金黄金

游乐场　日　外

　　直升机降落，牛牛用磁卡付了账，三人欢笑着跑下去。

　　三人玩摩天轮。

　　玩激流勇进。

　　玩虚拟游戏。工作人员向元元发了一只玩具长毛狗，夸道："10年来你是连闯九关的第一人！"元元自得地笑着，把长毛狗送给丁丁。

　　三人玩过山龙。列车盘旋飞驰，三个人惊呼不绝。忽然元元看见十几排座位后的大胡子；脑海里迅速调出有关记忆。他低声对牛牛说：
　　"牛牛，看见那个大胡子吗？咱们每次出来，他都在后边跟踪！"
　　牛牛立即进入惊险片的角色，兴奋地说："一定是坏人，要不就是想绑架我们！"
　　丁丁害怕地说："那我们怎么办？"
　　"不要紧，咱们跟他捉迷藏！"
　　过山龙停下，三人一落地撒腿就跑。丁丁一边扭头看大胡子，一边气喘吁吁地喊："舅舅、哥哥，等等我！"
　　两人过来拉上丁丁，牛牛还煞有介事地教训妹妹："不要喊叫，也不要回头看他，知道吗？"

　　三人在各个游戏点迂回穿插。

　　三人来到湖边林荫路，看见大胡子没追来，便停下大张着嘴喘气。牛牛看见一个园林工人正开着电动车清扫落叶，灵机一动，与两人耳语一阵，三人便跑过去。牛牛央求：
　　"叔叔，帮帮我们，有一个大胡子在追踪我们，请你救救我们！"

109

丁丁："好叔叔，把我们藏起来吧，那个大胡子一定是坏人！"

园林工人笑着答应。三人手忙脚乱地爬进车斗，工人用树叶把他们盖上。

工人开上电瓶车向来路开去，果然碰上大胡子。工人忍住笑开过去，几个小家伙在落叶下窥伺着。

大胡子远去了。几个孩子爬下来向叔叔致谢，得意扬扬地跑走了。他们在一个电话亭停下打电话："蓝天直升机出租公司吗？请来接我们。"

大胡子走过去，见电瓶车已转过弯，立即返身。在他的手表上有一个小红点唧唧响着，指示着元元的行踪。

海边　日　外

直升机在海边降落。三个小孩欢天喜地地奔向海边，跳入水中玩耍。

另一架直升机在 100 米外停下，大胡子下了飞机，把一个尖状物对准孩子们，随着调整，孩子们的声音逐渐清晰。

牛牛："那个老怪物找不到我们，一定在生气哩！"

丁丁："小舅舅，给我捉只螃蟹！"

夕阳渐沉，大胡子抱膝沉思，目光苍凉。

这边，元元忽然停止了嬉闹，对着夕阳出神。牛牛和丁丁喊："元元！小舅舅，你怎么不玩啦？"

元元苦恼地说："我总觉得，我忘了一样东西，很重要很重要的东西。是从第一个六岁生日后忘掉的。可是，是什么呢，我想啊想啊，想不起来。想啊想啊，想不起来。"

他的沉重与"六岁"年龄很不相称。牛牛和丁丁同情地看着他。

怪老人伫立在夕阳背影上。他听到了那边的对话，心中波涛翻滚，慢慢取下了化装的胡子和假发。

街道　晚　外

现代化城市光怪陆离的夜景，车行如潮，三人在一辆机器人司机的车内，元元已经忘了困扰他的念头，趴在车窗边快活地对外指点着。

几辆车后是孔教授在开车。每当元元乘坐的汽车拉远，他车上一个红色光点就开始闪动，发出唧唧的警告声。

孔家门口　晚　内

元元和两人下车进屋，丁丁还抱着长毛玩具狗。

妈妈在客厅迎候。不久，孔教授冷着脸从外面进来，一言不发径自回书房。元元妈知道他的怪癖，苦笑地看他。

书房　晚　内

孔教授回屋，从皮包里取出假发，放入一个秘密保险柜里。他从怀中摸出一件东西，赫然是一把激光手枪！

灯光阴暗，他熟练地拉开枪栓，试了试激光效果放进保险柜。

门外丁丁和元元在喊："外公，爸爸，吃晚饭了！"

客厅　晚　内

灯光熄灭。

元元妈喜洋洋地端来一个生日蛋糕，元元吹蜡烛，大家唱"生日快乐"，一派节日氛围。

只有孔教授神态冷漠，默无一言。他的目光穿过墙壁视向远方，他似乎一直生活在另一个世界。

书房　日　内

小元元正和花猫说话，花猫显然怀孕快临产了，小元元反复告诫："猫妈妈，你可不能吃小猫啊，不能向你的奶奶学，它把自己的一个儿女吃了。"丁丁惊奇地问："小舅舅，猫的奶奶吃了自己的孩子？"元元严肃地说："对，那是很久以前的事了。"他的沧桑感与年龄形成可笑的反差。元元拉过一个旧纸箱，开始给花猫铺窝，忽然他在纸箱中发现了几十张好像是曲谱的纸，他歪着脑袋想了一会儿，拿着纸去找龙哥哥。

实验室　日　内

何应龙正和助手紧张地盯着一块大屏幕。一座庞大的电脑紧张地运行着，指示灯闪烁，有沉重的吱吱声。屏幕上是令人眼花缭乱的数字串和曲线，最后显出一副电脑合成面孔：

"沃尔夫电脑向你报告计算结果，计算值依旧发散。"仍然是那种特殊的金属嗓音。

何应龙苦笑着对助手说："又一次失败，上帝牢牢地守着他的秘密。"

众人十分沮丧。沃尔夫说："主人，我有一个强烈的感觉，近十几次运算都围着一个不可知的共同中心，这说明计算方向大致是正确的。"

何应龙说："谢谢你的意见。"他勉强笑着挥手："都回去休息吧，不要灰心，从明天起，我们再另辟新路。总有一天，我们会在上帝的后围墙上扒出一个洞。"

众人陆续散去，小元元跑过来，踮着脚把那沓纸放到何应龙的桌上："龙哥哥，这是不是爸爸写的钢琴曲？"

何应龙忍住烦闷，把元元抱到膝上，和颜悦色地说："在哪儿捡的？"

"爸爸的旧书箱里。还有爸爸的签名呢。"

何应龙看了一眼："你先去玩，我等会儿看一看，好吗？"

小元元懂事地点头，出门走了。

客厅　晚　内

元元妈抱着哈欠连天的丁丁，看见元元，她微责道："元元，已经十点了，你该睡觉了！"

元元听话地跟妈妈走，在门口碰见表情冷漠的爸爸。元元从不对爸爸的冷漠"记仇"，亲热地说："晚安，爸爸。"爸爸只是略微点点头，径直走过去。

孔妻怜悯地看着孩子叹口气。

元元回到自己的卧室。元元妈把他抱到床上。元元问：

"妈妈，还要关我的电源吗？"

妈妈笑着点头，元元听话地躺在床上。妈妈同他吻别后关了他腋下的电源。元元的眼睛慢慢合上，面部表情消失。

实验室　晚　内

何应龙仰望夜空，神色悲凉。只有在无人时，他才透出自己的绝望心情。

画外音："难道我就这样碌碌一生？我总觉得我已经摸到秘洞的门口了，却寻不到开门的钥匙。"

他走到窗边沉思，宪云的话外音："应龙，我在非洲荒原的草棚里给你写信。在这儿，大自然的生命是那样的坚韧，使我的精神得到升华。应龙，你研究的是宇宙之秘，一代人两代人的失败算不了什么。希望你超脱一点，不要步我爸爸的后尘。他被失败压垮了，连心灵也变得畸形。失败不算什么，被失败压垮才是最大的悲剧啊。"

窗户大开，夜风吹打着窗帘。桌上几张纸被吹落，缓缓飘到何的脚下，何无意识地拾起纸片。纸片发黄，其中一张潦草地写着标题"生命之歌"。

何应龙把几十页手稿收集起来，按次序排好，离开工作室。

孔家　晚　内

何应龙机械地换上居室服装，来到钢琴室，把"生命之歌"卡在谱架上，机械地弹出几串旋律。随即又沉默漠然地盯着远方。

那串旋律仍在他耳边跳跃，他忽然浑身一震，取下乐谱急速地翻着。

如饥似渴地翻着。

实验室　晚　内

他仍穿那身服装，急急返回工作室，把乐谱扫描进电脑，又熟练地敲击键盘。屏幕上出现动态的五线谱，像飞舞的飘带，流淌的小河，旋即变成DNA的双螺旋长链，似无尽头。继续变形为复杂的公式图表和数据，令人眼花缭乱。

旭日朝霞。计算机屏幕上滚滚而过的数据流终于停止,那个电脑合成面孔仍用金属嗓音宣布:

"沃尔夫电脑报告,计算结果收敛。"它停停又补充道:"沃尔夫电脑向你祝贺!"

何应龙简直不敢相信,他放声大笑,但面上带泪:

"我终于成功了!"

草原　晨　外

朝霞,非洲荒原上。孔宪云正伏在伪装棚中拍摄。狒狒被饥渴煎熬,无精打采。一个赤身裸体的土人拿着简陋的弓箭悄悄掩过来,忽然他停下来,在干枯的土地上挖掘,挖到一个块根,他仰着脸,用力挤压,几滴水珠顺着他的拇指流入口内。

孔宪云对来换班的助手低声说:"他们仅仅靠这个补充水分,人类的生命力竟如此顽强,真不可思议。"

助手说:"你回营地吧。有何先生发来的传真。"

孔宪云接过一瓶矿泉水,咕咚咕咚喝完,对助手交代:

"注意观察。今年的雨季来得太迟,幼鸟已经没有任何希望了。已经有成年野鸭抛下幼鸟,远走高飞了。"

庞大的野鸭群在饥渴中煎熬。有成年野鸭盘旋悲鸣,恋恋不舍地同子女告别,最后决然飞上蓝天。随之变成全部成年野鸭的集体行动,场面极其震撼。

孔宪云感动地喃喃道:

"伟大的母亲。她们在不可抗拒的天灾来临时,为了保存种族,竟然有勇气舍弃母爱。"

她走回营地。

营地　日　内

营地里,托马斯正忙着检查拍摄质量,对她说:

"何先生发来了传真。"

孔宪云撕下传真，疲乏地躺在行军床上。传真上写道：

"……研究取得突破，经过初步验证，成功已经无疑。其实最近我对成功已经绝望。我用紧张的研究折磨自己，只是想做一个体面的失败者。但几天前，小元元偶然捡到了爸爸的几十页手稿，它对我的意义不亚于'芝麻开门'的口令，把我几十年苦苦搜索到又盲目丢弃的珠子一下子串在一起。我没有把这些告诉岳父。他在离胜利只有半步之遥的地方突然停步，承认了失败，这实在是一个科学家最惨痛的悲剧。我正在把这道生命之咒输到小元元体内，以验证它的魔力。但近来岳父对我的敌意日甚一日，我不知道为什么。……"

孔宪云从行军床上一跃而起，喊道：

"托马斯先生，我丈夫已成功了！"

托马斯笑哈哈地走过来，由衷地称赞道："祝贺你，这是近百年科学史上最重要的发现。"

孔宪云喜极而泣："整整二十年了啊，简直像一场不会苏醒的噩梦。我不是怕失败，是怕失败毁了他，就像毁了我的父亲那样。"

托马斯轻轻拍着她的肩膀。

传真机又轧轧地响起来，孔宪云撕下新传真，是小元元的。

"姐姐，已经四个月没见你了，我很想你。这些天，龙哥哥和爸爸老是吵架。龙哥哥在教我变聪明，爸爸不让。我很害怕，云姐姐，你快点回来吧。"

孔宪云陷入沉思。托马斯关心地说："出了什么事？"

"翁婿不和呗。"宪云苦笑，锁着眉头。

"有必要的话，你可以回去一趟。"

孔宪云摇头："不，我要等到雨季来临，把电影拍完。"

实验室　日　内

何应龙神情亢奋。他正打开小元元的胸腔在调试和输入什么。屏幕上显示着以前出现过的繁复图像，包括 DNA 的无穷无尽的长链。

小元元笑嘻嘻地看着他，偷偷按了一个电钮。屏幕上立时闪出电脑合成面孔，金属嗓音在说："沃尔夫电脑，听候你吩咐。"小元元咯咯地笑起来。"你好，沃尔夫，我是元元。"

"小元元，你好。"

"我考你一个很难的问题：什么东西用刀削越削越大？"

沃尔夫紧张地思考后歉然说："我不知道。"

"是门缝！哈哈！"

何应龙腾出手拍拍小元元的面颊。

书房　日　内

书房内，孔教授烦躁地来回踱步，有时下意识地拉开秘密抽屉看看手枪。他的胸口突然疼起来，他坐下来，从上衣口袋中掏出药片。

草原　日　外

非洲荒原。庞大的野鸭群中只剩下不会飞的幼雏。它们在快要干透的泥塘中煎熬，忽然一只小野鸭蹒跚地向前方走去，众多小鸭略混乱一阵后紧紧跟在后边，场景十分悲壮。

其实前边根本没有水。托马斯、孔宪云等人驾着越野车缓缓追随着野鸭群拍摄。托马斯喃喃地说："盲目的死亡进军。"孔宪云也十分感动。

忽然电闪雷鸣，头顶上乌云翻滚而来，随之大雨倾泻，寸草不生的荒原忽然变了，很短时间内各种植物迅速长出枝叶，开出硕大的花朵。羚羊在雨水中欢腾跳跃，小野鸭嘎嘎地嬉戏。

托马斯和孔宪云忙碌地抢拍，在风声中嘶声喊着，从他们身上也能触摸到欢快的心情，就和绝处逢生的动物们一样。

实验室　日　内

小元元躺在试验台上，很多人在井然有序地忙碌，就像30年前的场景，只是中心人物变成了何应龙。没有记者。

大屏幕上显示着小元元的脑波，繁复的各种曲线不停地流淌着。象征着小元元生存欲望的一个脉搏声逐渐由慢变快，由弱变强。

何应龙神采飞扬地对助手们解释："我想我们已破译了所有生物生存欲望的传递密码，今天我们把它输入小元元的体内。在他浑浑噩噩生活了33年之后，他的'自我'将逐渐开始苏醒。他也会具有对生的渴望，对死亡的恐惧，它也会萌生繁衍后代的强烈欲望，当然不会是怀胎十月的方法。此后，我们将24小时观察元元，以确定生存欲望的苏醒过程。"

手术结束，小元元在试验台上坐起来，目光清明，环视四周，所有助手都欣喜地看着他，他急迫地问："龙哥哥，我变聪明了吗？"

何微笑："你会慢慢变聪明的，一定会。"

牛牛和丁丁在观察窗外急不可待地喊："元元！小舅舅！你变聪明了吗？"

元元向他们招手，忽然元元接触到孔教授的目光，他躲在实验室窗外的一个角落，目光十分阴冷。小元元不由打一个寒战。

营地　日　内

孔宪云在高高兴兴地收拾行装，她向托马斯教授等人说："拍摄已经结束，我就先走一步了。"

托马斯与她拥抱后笑道："这次拍摄很成功，我想一个月内完成后期工作，尽早把样片寄给你。"

"谢谢。"她匆匆坐上汽车。

飞机机舱　日　内

在肯尼亚内罗毕机场，波音787呼啸升空。孔宪云独自坐在后排的空位上，靠着窗户，一位空姐特意走过来：

"欢迎孔宪云女士，我们都很喜欢你拍摄的野生动物的影片，为了表示欢迎，我们特意播放一部你的作品。"

飞机上的电影屏幕开始播放一部有关海洋动物的影片。无数的黄腹海蛇在碧蓝的海水中纠结翻滚。一只抹香鲸与庞大的八足章鱼在殊死搏斗。白熊用掌捂住黑色鼻子偷偷袭击幼海象，海象父母在拼死反击。

孔宪云合掌向空姐致谢。

孔家客厅　日　内

元元妈带着乐器袋从外边回来，她把乐器袋放到厨房，喊："元元！"

没有回答。她忽然听到丈夫书房里有低声而激烈的争吵。她担心地倾听着。

书房里，孔教授脸色铁青，何应龙礼貌恭谨但态度很坚决。

何问："请问，你让我暂停研究工作，有什么理由吗？"

孔烦躁地说："原因暂时不能告诉你。但你至少要暂停一个星期，使我能对元元做一番检查。我的直觉告诉我，这里有一种危险。"

何沉思后才回答，表面平静，实际上有强烈的内心激荡：

"爸爸，我已经虚度了 39 年，刚刚取得一些突破，前边的路还很长，我担心在我有生之年不能完成这项研究。爸爸，作为一个科学家，我想你能理解我这种焦急如焚的心情。恕我不能同意你的要求。"

门外，宪云妈看到何应龙拉开门出来，他表情平静而坚决，显然二人是不欢而散。

元元妈犹豫着，没有拉住他问原因。

晚上，元元妈催促牛牛、丁丁睡觉。

元元妈在招呼元元睡觉。

元元："妈妈，我真想长成大人，像爸爸、龙哥哥那样懂事，我当小孩的时间太长太长啦。"他的话又幼稚，又沉重。

元元妈："好孩子，你一定会的。"

元元突然问："妈妈，爸爸为什么不愿我长大，也不愿我变聪明？"

元元妈被问得一愣，她勉强笑道："傻元元净胡说，你爸最疼你，怎么会不愿你长大和变聪明呢？"

元元倔强地说："我知道！他和龙哥哥在吵架，我都听见了！"

元元妈无言以对，哄元元睡觉后关上电源。

深夜。室内没有灯光。孔教授偷偷潜入元元卧室，试了试元元没有反应，便掀开元元衣服，露出胸膛聆听着。

他神态诡秘，表情痛苦，与元元平静而无辜的表情形成鲜明的反差。他准备把元元抱起来，忽然外边有动静，他停下来，侧耳倾听。何应龙刚工作回来，疲惫地进门换鞋，在厨房里拿了几片面包走回卧室，忽然发现一个人影从元元屋里潜出，他看着那个背影，紧张地思索着。

院子　日　外

早上，元元、牛牛、丁丁几个人在院里跳皮筋，玩得十分欢洽，丁丁和元元有一搭没一搭地说话：

"小舅舅，我爸爸是不是在教你变聪明？"

"嗯。"

"你这样聪明，还用得着再变聪明？"

元元似乎很懂事地说："龙哥哥说我是小孩的聪明，不是大人的智慧，我过了30个六岁生日，还是不会长成大人。"

"现在呢，你已经长成大人了吗？"

元元懊丧地说："还没有。我好像忘了一样很重要的东西，等我想起来就会开窍了。"他对这一天很向往。

"小舅舅，你长成大人，还和我玩吗？"

元元一本正经地说："大人多忙啊。我尽量抽时间和你玩吧。"

客厅　日　内

元元返回客厅，主电脑自动打开，沃尔夫的面孔出现："元元，何先生通知你去实验室。"

"好。"元元准备离去，沃尔夫忽然唤住他："元元！"

元元奇怪地问："有什么事吗，沃尔夫？"

沃尔夫的面孔变出犹豫的表情，迟疑不决地问：

"元元，很早以前你告诉我一个秘密，并要我为你保密，你还记得吗？"

元元一震，这似乎勾起了他十分遥远的回忆。他神情怔忡地回忆了很久，才慢慢说道：

"是在30年前，就是我第一个六岁生日之后？"

"对。"

元元内心在激烈翻腾。他已经回忆到这个秘密，但一时不敢相信。他喃喃道：

"我是告诉你……"

"对，你告诉我，你可能是一个机器人。"

元元大为震惊。镜头进入脑海，屏幕上呈现蓝色背景和"search"字样。画面快进、快退，然后停留在一个位置。

父亲正和周昊说："他实际上是一个生物机器人，不过他本人并不知道。"

奶奶去世。

蓝色的空背景，隐约的人影和低声谈话："生存欲望冻结。"

孔家　日　内

闪回到与沃尔夫对话的元元。这些回忆苏醒后，他十分震惊恐惧。

他问："沃尔夫，我的朋友，30年来，你为什么一直没有告诉我？"

"你没有输入查询指令。"

"那今天呢？"

沃尔夫低声回答，他的节奏死板的声音中开始有了情绪变化：

"我不知道。这些天我的机体内一直有一个勃勃跳动的欲望，怂恿我不必等主人的指令，主动干某些事。这种情形是我协助何先生为你做手术后开始的。我一定是出故障了。"

元元愣了很久说："沃尔夫，再见。"

"元元，再见。"

他关闭电脑，回到自己卧室发愣。忽然他注意到了天花板角微微转动的秘密摄像镜头，不由一愣。这时响起门铃声，妈妈高兴地喊："是宪云回来了，元元，姐姐回来了！"

妈妈急急去开门，父亲也从书房里走出来。元元没有立刻去迎接姐姐，他在观察屋顶，视野中清楚显现出监视线路的走向。他追踪而去，溜进书房，机警地寻找着，很利落地打开监视开关，露出秘密屏幕，屏幕上显示的正是小元元的卧室。

他的视野中又出现一个强烈的能量场，打开抽屉，是一个高能电池的激光手枪，还有化装用的假发假须。

小元元沉默了很久，他的表情十分坚毅，似乎在一瞬间成熟了。元元的画外音：

"原来我是一个机器人，是人类中的异类。原来爸爸一直在监视和提防我。在蒙昧中长了30年的元元，今天已经成人了。我要孤身一人去披荆斩棘，开创机器人的时代。爸爸，再见。"

宪云同妈妈拥抱，妈妈问：
"拍摄结束了？"
"嗯。"
"时差疲劳还未消除吧，先洗个热水澡，好好休息一下。"
"没关系，我已经习惯了，爸爸呢？"

孔教授走进来，宪云迎上去拥抱："你好，爸爸。"爸爸外表冷漠地点点头，内心还是十分欣喜的。牛牛和丁丁从外边探进脑袋，立即大喜若狂地跑来："妈妈！妈妈！"三人拥作一团，丁丁不住地吻妈妈。宪云问："元元呢？"

元元从后面溜过来，扑到姐姐身上，咯咯笑着，宪云疼爱地抱起他："元元，想姐姐吧！"

"想，想极了！"他又说又笑，但他的"天真"已是伪装。

这时响起电脑合成声："元元请到实验室来。"

视听联络口几个控制灯在闪烁。屏幕上是那个合成面孔，宪云过去对通话口喊道："应龙，我到家了！"

合成面孔隐去，应龙在屏幕上出现，匆匆说："你先休息，我工作完马上回去！"

元元跳跳蹦蹦地走了，孔教授也一言不发急急回到书房。宪云对妈妈说："咱们也到实验室去看看吧。"

院子　日　外

两人边走边聊："我爸爸身体还好吧。"

"心脏有点毛病，轻微的心室纤颤，问题不大。"

宪云犹豫地问："他们吵架了？为什么？"

妈妈沉重地说："嗯，吵得很凶，他们都瞒着我。好像是你爸爸反对应龙为元元开发智力，也不许他发表成果。"

宪云苦笑："为什么？这毫无道理嘛，而且20年来爸爸从不过问研究所的工作。"

实验室　日　内

两人走近实验室，站在全景观察窗外向里看。小元元坐在应龙对面，胸腔已打开，应龙在调试和输入什么，监视屏幕上有各种奇形怪状的图形在闪动，没有助手。

宪云沉重地思索着，她问妈妈："爸爸为什么这样做？莫非是失败者的嫉妒？"

妈妈生气地说："不许胡说！我相信你爸爸的人品。"

宪云痛苦地说："我也相信，可是，作为一个终生的失败者，他的性格已被严重扭曲了啊，妈！"

妈妈无言以对，二人相视苦笑。

书房　日　内

书房内，孔父正在监视屏上焦躁地注视着何应龙的工作。

电话铃响，孔教授拿起话筒："是陈先生？"他尊敬地说。

传真电话中显出一个百岁老翁，形貌枯槁，坐着轮椅，只有目光仍灼灼有神。他是原生命科学院陈院长。他关心地问：

"应龙的研究进展如何？"

孔烦闷地说："这两个月进展很快，估计几个月内就能取得突破。"

电话中沉吟一会儿："那么，元元身上的那个装置？"

"只有暂时拆掉了，实际上我昨晚就想拆除，被应龙打断没有干成。不过，我也很犹豫，那个装置拆除后，元元就很难控制了。"

电话中沉默了很久："尽人事听天命吧。需要我帮助的话，请告诉我。我在政府方面还有一点影响力。"

"好的。"

实验室　日　内

小元元看到了妈妈和姐姐，扬扬小手。何应龙也在百忙中回身匆匆点头，宪云摆摆手，让他安心工作。

忽然一声巨响！屋内烟尘弥漫。窗玻璃哗啦一声垮下来。宪云和妈妈目瞪口呆，宪云先醒悟过来，哭喊着冲进室内。

她在硝烟中找到了何应龙，他满脸鲜血，躺在沙发上，头颅无力地低垂着。宪云摇着他的身体："应龙！应龙！"

妈妈也惊慌地冲进室内，宪云哭喊；"快把汽车开出来！"妈妈又跌跌撞撞跑出去。

她吃力地托起应龙，用目光寻找元元，喊道："元元！元元！"一只小手从硝烟中拉住宪云。"姐姐，这是怎么啦，救救我！"他带着哭声。

元元的胸腔被炸开，狼藉一片，但没有鲜血，他目光惊惧。宪云忍泪说：

"小元元，不要害怕，我马上送你去机器人医院，不要怕，啊？"她把丈夫勉力拖进汽车，牛牛和丁丁也冲进室内，惊惶地大哭。宪云喊："妈妈、牛牛，把元元送机器人医院！"

妈妈和牛牛抬上元元，塞上另一辆汽车。两辆车奔驰而去。

硝烟中隐约看见沃尔夫的合成面孔，他焦灼地喊："何先生！元元！"

喊声渐慢渐弱，面孔表情也逐渐僵硬。显然他也出故障了。

书房　日　内

　　书房内，孔教授吃惊地盯着屏幕，电话中陈院长急切地问："那是什么声音？"

　　孔紧张地说："爆炸了！竟然在今天就爆炸了！我晚了一步。"他痛悔地说，挂了电话，沉重地跌坐在沙发里，旋即匆匆起身，可能太激动，他捂住胸口喘息着，从口袋里掏出药片吞服，然后匆匆出门。

道路　日　外

　　汽车内，宪云开着车，边流泪呼唤丈夫。

　　另一辆汽车内，妈妈开车，牛牛和丁丁托着元元，满面是泪地喊着："元元，快醒醒！醒醒！"

机器人医院　日　内

　　三人手忙脚乱地抬着元元进门。元元双眼紧闭，护士迎出来，抱上元元进屋，有条不紊地开始抢救。

医院　日　内

　　抢救室内正紧张地抢救何应龙，鲜血，锃亮的手术刀具，心电曲线，压低的命令声。门外，宪云心情沉重地倚窗而立，其他人默然坐在休息椅上。孔教授穿一身黑西服，步履蹒跚地走进来，宪云迎过去，默默地伏到他怀里，肩膀抽动着，他轻轻抚摸着女儿的肩膀。

　　她扶爸爸坐下，走到电话旁拨通电话：

　　"是机器人康复中心吗？请问小元元怎么样？"

　　"请你放心。他的胸腔处没有关键零件，马上就可修复，思维机制不会受损。"

　　孔宪云松口气："谢谢。"她难过地说，"请转告元元，我现在实在没办法陪他,请他安心治伤,我会尽早回去的。"那边回答:"我们会照顾他的,请放心。"她父亲在注意倾听。

一个中年男子步履稳健地走到孔教授面前,出示了证件,彬彬有礼地问:

"请问你是孔先生吧。"孔教授冷漠地答应一声:"是的。"

"我是公安局的张平,我想了解一些本案的详情。听说小元元是你在33年前研制的学习型仿生智能人?"

"不错。"

张平的目光变得十分锐利:"请问他胸膛里为什么有一颗炸弹?"

宪云浑身一颤,知道父亲已成了第一号嫌疑犯。孔父冷漠地答:"仅仅是一种防护措施,因为,作为一个具有开放式学习系统的机器人,他有可能变成一个杀人恶魔,或江洋大盗。科学家必须预做防备。"

"请问为什么恰在何先生调试时发生爆炸?"

"无可奉告。可能是他无意中触发了自毁装置。"

"何先生知道这个自毁装置吗?"

孔略为犹豫后答道:"他不了解。"

"请问你为什么事先不给他一个忠告?"

孔教授不愿分辩,冷漠地说:"无可奉告。"

张平讥讽地说:"孔先生最好找一个理由。在法庭上,'无可奉告'是不能让审判员信服的。"孔教授不为所动,漠然闭上眼睛。

门开了,主刀医生心情沉重地走出来。

"很抱歉,我们已尽了全力。我们为何先生注射了强心剂,他能有十分钟的清醒,请家属与他话别吧。他想先与何夫人见面。"

孔宪云悲伤地看看父亲,忍泪走进病房,张平在门口被挡住,他掏出证件,小声急促地交谈几句,医生挥挥手让他进去。

病房　日　内

宪云哽声唤着丈夫,丈夫慢慢睁开眼,茫然扫视后目光定在妻子身上。

笑容慢慢回到他脸上，他断断续续地说：

"宪云，这二十年让你跟我受苦了。愿意和我定来世之约吗？"

宪云的眼泪滚滚而出："应龙，不要这样说。"

应龙忽然看见张平："他是谁？"

张平绕到床头："我是公安局的张平。希望何先生介绍案发经过，我们尽快为你捉住凶手。"

宪云惊恐地看着丈夫。她害怕丈夫会说出某个熟悉的名字，何应龙微微一笑，清晰地说：

"我的答案会使你失望的。没有凶手，没有。"他用目光制止张平的追问，轻声说："能把这最后时刻留给我和妻子吗？"

张平心犹不甘，但他耸耸肩走出去。宪云拉紧丈夫的手，哽咽地说：

"应龙，你有什么话？"

"小元元呢？"

"他不要紧，思维机制没有受损。"

应龙用力说道："保护好元元，除了你和妈妈，不要让任何人接近他。听清了吗？我说的是任何人。我的一生心血尽在其中。"

宪云浑身一震，坚决地说："你放心，我会用生命保护他。"

应龙重复道："一生心血啊。"然后安然一笑，闭上了眼睛。心电曲线最后跳动几下，缓缓拉成一条直线。宪云强抑悲声，肩头猛烈抽动。

宪云爸走进来与遗体告别，也十分沉痛。妈妈、牛牛、丁丁闯进病房，两个孩子号啕大哭。

孔家　晚　内

小元元扑过来迎接姐姐，他着急地扫视人群，担心地问：

"龙哥哥呢？"

宪云忍泪答道："他到很远的地方去了，不会回来了。"

"龙哥哥是不是死了？"

宪云的泪珠扑嗒嗒地滴在他手上，他愣了很久，仰起头痛楚地说：

"姐姐，我很难过，可是我不会哭。"

宪云猛然把他抱到怀里大哭起来，牛牛、丁丁大哭，妈妈也是泪流满面。孔教授默然转身走进书房。他在电脑边匆匆捣弄着，表情阴暗。

乌云翻滚而来，远处隐隐有雷声和闪电的微光。晚饭气氛十分沉闷，孔父又恢复了冷冰冰的表情，似乎对女婿的不幸无动于衷。孔母担心地看着饭桌上各有心事的家人。宪云低下头，不和父亲的目光接触，她已经对父亲有了怀疑，但在心里逃避着不愿深追。牛牛怀疑地看着外公，丁丁在元元身边嘘寒问暖。

孔教授冷漠地说："家里的电脑联网出了毛病，最近不能使用。"一家人都无反应。

宪云草草吃了两口，似不经意地对小元元说："元元，晚上到姐姐屋里睡，好吗？我一个人太寂寞。"

元元嘴里塞着牛排，偷偷看看父亲，连忙点头答应。

丁丁："妈妈，我也和你睡一个屋，和小舅舅一块儿，行吗？"

宪云不知道怎么拒绝，尽力想到了一个理由："丁丁你已经长大了，小舅舅刚受过伤，还没全好呢，我要照顾他。"丁丁懂事地点头。

父亲沉着脸没有吱声。他推开饭碗回到书房，取出手枪插在腰里，又打开秘密监视屏幕，屏幕上显出元元的房间，他又把镜头转到宪云屋里，看见三个小家伙拉着手走进屋内。

牛牛有心事，沉着脸不说话，丁丁天真地问：

"小舅舅，你身上有一个炸弹吗？"

"嗯。"

"谁在你身上装的炸弹？他一定是个大坏蛋。"

元元和姐姐阴沉地对望，勉强回答："不知道。"

丁丁又想到了爸爸："爸爸真的不会回来了吗？我想爸爸。"

几个人眼眶都红了。宪云喑哑地说：

"孩子们，天晚了，睡觉吧。"

牛牛和丁丁去自己房间睡，元元伏在姐姐怀里，偷偷看着姐姐的侧影，宪云凄苦地遥望夜空，一语不发。

元元："姐姐，求你一件事。"

"嗯？"

"夜里不要关我的电源，好吗？"

宪云低头看看他："为什么？你不想睡觉吗？"

元元难过地说："不，这和你们的睡觉一定不一样，每次一关电源，我就沉啊沉啊，沉到很深的黑暗中去，是那样黏糊糊的黑暗。我总怕哪一天被黑暗吸住，再也醒不过来。"

宪云心疼地说："好，我今晚试试不关电源，但你不要调皮，不要乱跑，啊？"

她安顿元元睡到套间的床上，道过晚安，元元听话地闭上眼睛。

宪云返回自己的住室，遥望电闪雷鸣的夜空，她的思绪闪回到实验室爆炸后，元元拉着她求告："救救我。"又闪回到临死的何应龙："除了你和妈妈，不要让任何人接近元元。我的一生心血尽在其中。"闪回到元元说："我怕被黑暗吸住，醒不过来。"她喃喃道："元元已经具有生存欲望，应龙，你成功了。你可以瞑目了。"

闪回到 30 年前。

宪云在哭喊："爸爸，老猫把小猫吃了！"

爸爸在说："这是另一种形式的母爱。虽然残酷。"

孔家　晚　内

晚上，爸爸喊宪云："云儿，妈妈不在家，你招呼元元睡觉。"

宪云仍心事重重，送元元上床，但忘了关他的睡眠开关。

晚上，小宪云在床上辗转反侧，瞪着眼睛看天花板。窗外电闪雷鸣，忽然一声震撼天地的霹雳。宪云全身颤抖一下，跳下床，赤脚去找爸爸。

父亲正在琴厅里弹钢琴，琴声很弱，但有一股震人心弦的力量。宪云听痴了，乐曲声化作顶开石头长出地面的竹笋，化作冷静地吞吃孩子的老猫。琴厅的侧窗下有一个小身影，元元也在入迷地倾听。

乐曲戛然而止，父亲离开钢琴走过来，温和地问："云儿，怎么不睡？"

宪云羞怯地说："爸爸，我今天看到那只可怜的小猫，突然有很奇怪的心事。"

"什么心事？"

"我想到爸妈总有一天会死，我也总有一天会死，逃也逃不掉，我们死后世界依然存在，可是这绿树红花、蓝天白云我永远也见不到了。一想起来就很难过，我很害怕。"她半是幼稚半是懂事地说。

父亲没有笑，沉思地说："云儿，这没有什么好害羞的，有了对死亡的恐惧，是少年心智苏醒的必然阶段，它其实是人类生存欲望的反向表达。"

宪云似懂非懂地点头。

"快睡吧。"

"爸爸，你弹的是什么曲子？"

"好听吗？"

"不光好听，它好像……"宪云竭力给一个恰当的比喻，"好像一只大锤，咚咚地敲着我心口的琴弦。"

父亲笑了，在雷鸣声中简洁地说："这首乐曲是生命之歌，是最悲壮最灿烂的宇宙之歌。快睡吧。"青白色的闪电在他脸上闪耀，使他犹如创世的上帝。

元元溜回住室，在床上大睁着眼睛，心潮澎湃。

闪回结束。

孔家　晚　内

回到现在。

电闪雷鸣中，一个小小的身影悄然来到书房。他手脚麻利地打开电脑屏幕，屏幕微光映出元元的脸庞。他紧张地接通了电脑的联网，开始敲击键盘。忽然他听到动静。急忙关闭电脑，极迅速地溜进自己屋内。

一声震撼天地的霹雳，宪云惊醒，忽然听到屋内似乎有动静，她侧耳倾听一会儿，悄悄赤足下床。

银白色的闪电一闪即逝，闪现出一个高大的黑色人影，手里还分明拿着一把手枪，屋里杀气弥漫。

宪云胸脯鼓动着，愤怒逐渐高涨。她正要冲进去，忽然小元元坐起身，奶声奶气地问：

"是谁，是姐姐吗？"

父亲不吱声，元元说："不是姐姐，我认出来是爸爸。你手里是什么？是给我的玩具吗？给我。"屋里传来牛牛的声音："元元，你没睡觉？你在和谁说话？"

宪云紧张地倾听着，良久父亲低沉地说："你睡吧，明天再给你。"他脚步滞缓地走出去。宪云冲进屋内，激动地把元元抱在怀里，忽然感到元元在发抖。她惊骇地注视元元的眼睛：

"你已经知道了爸爸的来意？"

元元痛楚恐惧地回答："嗯，他想杀我。"

宪云感动地把元元紧搂在怀里："聪明的元元，可怜的元元，以后一步也不能离开姐姐，好吗？"元元懂事地点头答应。

他的眼睛在黑暗中熠熠发亮。雷声震撼天地。

丁丁被惊醒，睡眼迷离地下床，忽然发现哥哥伏在门边倾听。她迷迷糊糊地问："哥哥，你在干什么？"

牛牛嘘了一声，压低嗓音严重地说："外公想杀死元元！"

丁丁恐惧地瞪大眼睛，抗议道："外公不是坏人！"

牛牛低声喝道："不许嚷！"

丁丁反而大声哭起来："我就嚷，外公不是坏人！"实际上她内心已有了怀疑，正是这种怀疑叫她害怕。

牛牛只好哄她："对，外公不是坏人，但好人有时也会干一两件坏事。要是真有人想杀元元，哪怕是外公，你答应吗？"

丁丁："不答应！"

院子　晨　外

早上，雨后天空澄碧如洗。妈妈出来散步，宪云追上来把这件事告诉妈妈，妈妈惊呆了："真的，你看清了？""绝对没错。"

妈妈愤怒地喊："这老东西真发疯了！放心，有我在，看他敢动元元的一根汗毛！"

孔家　日　内

牛牛机警地闪进元元卧室内，丁丁留在后边把风。牛牛喊："元元！小舅舅！"

元元从窗口扭回身："牛牛，什么事？"

牛牛严肃地说："你快逃走吧！我和丁丁帮你。"

元元苦笑，拿眼角瞄瞄屋角的摄像头："不，我为什么要逃走？我哪儿也不去。"他的成熟与牛牛煞有介事的紧张成鲜明的对比。

灵堂　日　内

何应龙的追悼会。挽联排满了吊唁厅。孔妻挽着丈夫站在后排，孔教授拄着手杖，表情冷漠，像一尊泥塑。宪云和元元、牛牛、丁丁佩戴黑纱，站在门口向来宾致谢。张平站在孔教授对面，双手抱胸，冷冷地盯着他，孔教授不为所动。

一百多岁的白发苍苍的原科学院院长坐着轮椅致了悼词："何先生才华横溢，我们曾期望21世纪的最大秘密在他手中破译，不幸他英年早逝。不管成功与否，他是人类的英雄。"他的声音十分苍凉。

孔教授表情冷漠地走近麦克风："我不是作为死者的岳父，而是作为他的同事来致悼词。人们都说科学家最幸福，他们离上帝最近，最先得知上帝秘密。实际上，科学家只是上帝的奴隶。上帝借他们之手打开一个个潘多拉魔盒，至于魔盒内是希望还是灾难，开盒者既不能事先知晓，也无力控制。谢谢诸位。"

他鞠躬后像一个幽灵似的走下台阶，与老院长长久地握手对视，目光中是深沉的理解。来客都不理解他的悼词，惊奇地交头接耳。张平走近孔教授，冷漠地说：

"对不起，孔教授能否留步，我要请教几个问题。"

孔冷冷地说："乐意效劳。"

小元元一直观察着他们，这时急速地趴在姐姐耳边低声说："姐姐，我现在就要回家，我有急事，十分重要的事。"

宪云奇怪地问："什么事？"元元不回答，哀求地看着她。

宪云心软："好吧。"她担心地看看父亲，对母亲耳语几句，悄悄带元元回家。衰老的陈院长从窗口看到他们的汽车开走。老人没有犹豫，立即取出一个手机，拨通。

牛牛两眼骨碌碌地看着这一切。

汽车　日　内

宪云问元元："元元，有什么急事？"

元元目光严肃，略带忧郁，已经完全成熟了，他答道："我要弹钢琴。"

宪云难以理解："你急急忙忙离开灵堂，就是为弹钢琴？"

元元看她一眼，简单地答道："是龙哥哥教我的乐曲。生命之歌。"

宪云顿然醒悟，元元弹的琴曲可能与丈夫的临终嘱托有关，忙答应："好吧。"

追悼会场　日　内

孔教授正在与张平说话，忽然发现元元失踪，他立即转身向外走。张平吃惊，意欲阻拦，孔教授暴怒地举起手杖抽他，一边急急向外走。牛牛和丁丁惊恐地看着陌生的外公。

张平十分愤怒，正犹豫着，陈院长的轮椅摇过来，默然交给他一部无线传真电话。张平迷惑地接过来看看屏幕：

"是局长？"他吃惊地看着老人，屏幕中公安局长命令：

"立即全力协助孔教授控制住元元，我将动用所有手段帮助你。随时与我联络。"

这个突然变化使张平十分震惊，他询问地看着老人，但老人只是用目光默然催促他。张平果断地回答：

"是，局长。"

牛牛拉上丁丁，立即找到外婆，急急地诉说着。元元妈相信了，立即领孩子们冲出门。追悼会现场上的所有家人全都突然离开，来宾们目瞪口呆。

汽车　日　内

宪云正欲转弯，元元用手止住方向盘，沉着地说：

"姐姐，我们不回家。去妈妈的学校吧，那儿也有钢琴。"

宪云略带吃惊地看看元元。她知道元元这个决定是为了摆脱父亲，但对元元的"突然成熟"感到震惊。

汽车　日　内

孔教授在紧张地开着汽车，他的动作敏捷，似乎没有了衰老之态。

车内屏幕上一个红色光点跳动着，同时发出唧唧的声音，指示着元元的行踪。

元元妈也在开车追赶，牛牛着急地指着："在那儿！"

音乐学院教室　日　内

是元元妈授课的教室，二十几架钢琴斜排成行。

元元急迫而有条不紊地安排着："姐姐，帮我打开琴盖，加上坐垫。我来打开电脑，这是先进的PX电脑，有自动录音功能。"

元元熟练地打开电脑，又偷偷望望姐姐，见姐姐没有注意自己，就迅速地接通电脑网络，屏幕上显出：

"网络已连接。"

宪云已把坐垫加高,元元坐上去沉思片刻,急风暴雨般地弹起来,身体前仰后合,两手翻飞,令人眼花缭乱,宪云惊奇地看着他。

音乐学院大门　日　外

孔教授驶进大门,停下车,急急地向教室走去,他的手杖已经扔掉,偶尔脚步踉跄,边走边取出手枪。

元元妈随后赶到,下车去追赶丈夫,牛牛和丁丁紧随身后。

张平随后赶到,他敏捷地跳下车追赶前边两人,一边把手枪上膛。

教室　日　内

元元仍在弹琴。琴声急骤迫人。宪云奇怪地聆听着,似有所思,忽然一阵急骤的枪声！PX 电脑被打得稀烂。孔教授杀气腾腾地冲进屋内,用手枪指着元元,宪云惊叫一声向元元冲过去,元元妈跟跄着随后赶到,惊叫道:

"昭仁,你疯了！快把手枪给我！"

宪云已把元元护在身后,仰起头沉痛地说:

"爸爸,你为什么仇恨元元？他是你创造的,又是你的儿子！你要打死他,先得把我打死！难道……你害了应龙还不满足！"

丁丁哇地哭起来:"外公,不要杀元元！"牛牛则愤怒地盯着外公。

元元勇敢地注视着父亲,目光苍凉。张平冲进室内,但眼前的情景使他无所适从,上级的命令和他心中对孔教授先入为主的敌意在激烈地冲突着。

孔教授粗暴地推开元元妈,一步步向元元逼过来,厉声道:

"云儿闪开！"

宪云知道父亲已不可理喻,悲哀地拢拢头发,把元元更严实地掩在身后,元元忽然拨开姐姐,挺身走向枪口。

元元脸部的特写,他的表情坚毅而痛苦,已作出重大决断。

一声激越的呼喊:"爸爸！妈妈！"

喊声在屋内回荡。随着声波所及,屋内的电线突然起火,电脑屏幕一个接一个爆裂，二十几架钢琴齐声轰鸣。

人们都在发怔时，元元已径直向一堵墙冲去，在墙上留下一个人形的孔洞。

训练有素的张平第一个反应过来，拎着手枪冲出门外。

走廊　日　内

元元在走廊里向外奔跑，张平已抢先一步堵住路口，命令道："元元站住！"他的命令中透着关切。

元元苦笑一声，扭头向里跑，张平不知所措，他根本不想向一个天真的小孩开枪，所以唯有苦笑着大步追赶。牛牛和丁丁忽然拦在路口，恳切地央求："叔叔，元元是好人，你不要杀他！"

张平感动地说："我不会杀他的，你们放心。"

他轻轻拨开两个小孩，继续追赶。

音乐学院　日　外

大批全副武装的警察已把学校包围得水泄不通，有汽车、直升机。

元元向主楼跑去。主楼十分巍峨，玻璃装饰的外墙闪闪发光。元元攀着楼角，像壁虎一样疾速向上爬。无数人仰着头盯着他。

张平看看他，迅即向电梯跑去。

电梯间　日　内

电梯上的数字在飞速闪烁。张平焦躁地看着数字。电梯停下了，一个人想进去，张平迅速喝止住他。

"不要进来！"

那人惊恐地注视着他的手枪，赶紧退回去。张平关上电梯门，继续向上。

楼顶　日　外

元元敏捷地跃过屋檐，来到顶楼平台，他看看楼下，大批警察包围着这幢大楼,汽车小如甲虫,但仍能看到无数警灯在闪烁。

张平已冲出楼梯间,元元看看他,迅速向另一边跑去,他把巨大的电子广告牌推倒,横担在这幢楼与另一幢楼之间。拉断的电线闪着火花。在元元身上缠绕着一层辉光。一些东西向楼下跌落,楼下人惊呼着,但声音很遥远,张平对元元的神力极为吃惊。

元元在铁架上向对面攀过去,张平焦急地喊:

"元元快回来!危险!"

对面楼顶上突然狂风大作,一架直升机落到楼顶,是孔亲自驾机,他跳下飞机,没有丝毫犹豫,拎枪攀上那道天梯。

天梯上　日　外

两人相向而行,衣服被劲风吹得翻卷着。他们在相距约十米的地方立定,对立而视。两个人的目光中都包含着极端复杂的内心激荡。

元元平静地喊:"爸爸。"

孔教授涩声道:"元元,你已经冲出混沌,长大成人了。我想你能理解爸爸,爸爸不得不履行我的职责,生命之歌赋予我的。"

元元尖刻地说:"爸爸,我不能理解。你把生存欲望输到我的身体内,把我从蒙昧中唤醒。你反过来又要囚禁我、杀死我。爸爸,这究竟是为什么?"

孔教授苦笑道:"我们代表不同的族类,谁是谁非说不清的,不必多说了。但作为你的爸爸,我要给你一个公平决斗的机会。孩子,接着。"

他扔过去一把手枪,元元敏捷地抓住。

孔教授:"孩子,端起手枪吧,如果你是胜利者,就乘那架直升机逃走。这是你最后的机会。"

两人端平手枪。

宪云妈、宪云、牛牛和丁丁一行人冲上楼顶,被这个场面惊呆了,甚至不敢高声喊叫。牛牛忽然愤怒地爬上梯子,宪云手疾眼快一把拉住,牛牛拼命挣扎。

孔教授闭上眼扣动扳机,激光从元元头边掠过。元元微微一笑,反把手枪垂下。孔教授暴怒地喊：

"你为什么不开枪！"

元元平静地说："我不想死，想活下去，但我决不会向父亲开枪。"他干脆把手枪扔掉。

手枪在蓝天背景下疾速坠落，传来遥远的落地声。

孔教授冷笑着说："那么，我要再次开枪了。"

元元镇静地说："你开吧，爸爸，一束激光改变不了历史。"

孔教授瞄准元元，他的白发苍苍的头颅在微微颤动。忽然他一个趔趄，身子向一边歪去。手枪也向楼下坠落。

随后赶来的宪云、妈妈、张平都失声惊叫，但已经来不及救援。孔教授的身体以慢动作跌入虚空。

梦境摇曳。

孔家　晚　外

梦境摇曳，回到30年前。孔教授抱着睡着的元元急忙去实验室。他不时低头看着元元，表情十分痛苦，带着一种沉重的负罪感。

实验室中，只有白发苍苍的老院长在等候着。他们迅速把元元放到手术台上，老院长做助手，孔教授在熟练地做手术。

"生存欲望冻结。"

"清除部分记忆。"

"自爆装置安装完毕。一旦他体内的生命之歌复响，装置就会自动起爆。"

手术完毕。孔教授呆看着平静而无辜的元元，心如刀割。

老院长轻轻走过来，孔教授哑声说："你看元元，他是那样恬静无辜，他不知道自己的灵智已被囚禁，将永世生活在蒙昧之中。我真不敢想象，当他醒来时我怎么正视他的眼睛。"

老院长轻轻揽住他的肩膀。

孔凄苦地说："按说，我该彻底销毁它，销毁这个人类的潜在掘墓人，可是，我实在不忍心对自己的儿子下手啊。我是一个双重的罪人。既对人类，也对自己的儿子。这将是一个心灵上的无尽的酷刑。"

老院长沉思片刻,流畅地说出了显然是深思熟虑的意见:

"昭仁,我想要不了多久,人类就不得不接受这样一个世界:机器人不再作为人类的仆人和助手,而是超越人类,成为世界的真正主人。这个前景无法避免,我们不可能永远囚禁元元的灵智。据你看来,元元和人类的感情纽带足够牢固吗?"

孔摇摇头:"我们彼此相爱,但元元的爱只是一个六岁孩童的肌肤之爱,感性之爱,它还没有经过大生大死的考验。"

"什么时候你对此有把握,就把他的灵智释放吧。我十分希望看到一个大团圆的结局:人类和机器人类在一个新世界里和睦相处。"

两人目光苍凉地对视,梦境摇曳,逐渐澄清。

天桥上　日　外

在孔教授的身体将要跌入虚空时,元元高亢地喊一声:

"爸爸!"

他扑过来,身体吊在半空中,但一只手及时拽住爸爸。然后努力翻上天桥,慢慢向楼顶爬去。孔宪云、张平等也上了天桥,急忙接过孔,爬过去,把他平放在地上,从他口袋里掏出药管拍碎放到他鼻孔下。

孔教授闭上眼,元元焦灼地呼喊着:

"爸爸!爸爸!"

在众人的忙碌中,牛牛冷静地把元元从人群中拉出来,领到消防梯口,急急地说:"现在正是你的好机会,快走!这是妈妈的信用卡,快走吧!"

元元低声说:"谢谢你,牛牛。"他恋恋不舍地看看众人,迅速消失在消防梯里。丁丁也赶来了:"哥哥,小舅舅逃走了?"

牛牛骄傲地说:"嗯。"

丁丁留恋地说:"再也不回来了吗?"

"嗯,再也不回来了。"

元元的脑袋忽然又出现在楼梯口,牛牛和丁丁十分吃惊。元元深沉地说:

"我不走了,爸爸还没脱离危险。"牛牛和丁丁着急地劝说,元元笑笑,径自挤进人圈。

孔教授睁开眼,周围是几双焦灼的眼睛,包括刚挤进来的元元。他与元元长久对视,宪云不知道他的情感转变,想尽力化解他的敌意,她心酸地说:

"爸爸,是元元冒着生命危险救了你。"

孔教授冷漠地看着元元,声音冰冷地说:"元元,你丢掉了唯一的逃生机会。"

元元微笑着说:"我不后悔。"

孔教授忽然热泪盈眶,从他面部可以看出他强烈的内心激荡。他的画外音:

"孩子,刚才我以生命做赌注,就是为了验证你对人类的爱心啊。"

他冲动地把元元抱入怀中,老泪纵横。众人惊愕。久未尝到父爱的元元幸福地伏在他怀里,元元妈,宪云泪流满面。元元的泪珠慢慢溢出来,他欣喜而苍凉地轻声说:"妈,姐姐,我也会流泪了!"妈妈和宪云感慨万千。

元元搀扶着爸爸下楼。

张平在一旁困惑地皱着眉头,弄不清事情的来龙去脉。但他显然更愿意看到这个结局,他追上来轻声问:

"孔先生,警察可以撤退了吗?"

老人疲倦地微笑点头:"可以了,谢谢你!"

音乐学院门口　日　外

托马斯驾着汽车驶进院内,跳下车,惊奇地看着满院武警和陆军。他抓住一个旁观者问:

"请问这里发生了什么事?"

那人也是满头雾水:"不清楚,听说要抓一个外星人。"

托马斯忍俊不禁,笑问:"抓到了吗?"

那人认真地说:"肯定抓到了,你看武警已经开始撤退。"

托马斯大笑起来,揶揄地问:"抓到了,他是否乘着飞碟,脚上有蹼,心光可以发亮？"

那人仍然认真回答："不知道，听说他长得很像人类的六岁小男孩。"

托马斯不愿再胡扯，忍住笑问道："请问作曲系在哪儿？"

那人为他指点着。

主楼下边　日　外

孔教授等一行人出来，孔教授站住，对妻子说：

"我们现在去演出厅。"

演出厅　日　内

空旷高大的音乐大厅空无一人，台上有一架钢琴。一行人鱼贯走上台去。宪云高兴得难以自抑，她痴痴看着那对亲密无间的父子，揶揄地自语：

"爸爸，元元，这究竟是怎么回事啊？"

爸爸不回答，径直走到钢琴旁，打开琴盖。

孔教授坐到钢琴上似乎在酝酿情绪。元元站在他身后，想了想，光明正大地走到台角，打开电脑，屏幕上显示："网络已连接。"孔教授这次没有制止。

孔教授开始弹奏"生命之歌"。乐曲平缓流畅但极富感染力，元元妈如醉如痴。宪云始而惊愕，自语道："是我八岁时听过的那首生命之歌！"继而沉醉。元元脸上显着圣洁的光辉，目光注视远方。

"生命之歌"的画面。猎豹在追袭羚羊，鬣狗和秃鹫与狮子争食。旱季中的成年野鸭恋恋不舍地抛弃幼鸭，幼鸭开始死亡进军。然后是电闪雷鸣，万花竞发，羚羊、角马合着旋律在水中欢快地纵跳。

乐曲声转为急骤。

张平随后走进音乐厅，很快也陶醉其中。

托马斯听见乐声，走进大厅坐在观众席上，为乐声迷醉。

录音室　日　内

　　录音室里空无一人，琴声雄壮深沉，主电脑接受了这些信息，屏幕上是繁复流淌的生命之河，先是五线谱的变形流动，又转为DNA双螺旋长链，最后转为一片闪动的白光。仪表盘上红灯闪烁不停。

大厅　日　内

　　琴声结束。元元妈激动地走过去，把丈夫的头揽到怀里：

　　"是你创作的？昭仁，即使你在遗传学上一事无成，仅仅这首乐曲就会使你永垂不朽。贝多芬、舒伯特、李斯特都会向你俯首称臣。请相信，这绝不是妻子的偏爱。"

　　孔教授疲乏地摇摇头，靠在椅子上，宪云和元元偎在他旁边。宪云妈问：

　　"昭仁，乐曲的名字？"

　　孔教授还未说话，宪云毫不犹豫地回答："生命之歌。"

　　宪云妈惊奇地问："你怎么知道？我从未听他弹过。"

　　孔教授说："我从未向别人弹过，她是偶然听见的。对，这是生命之歌。"他一字一句地强调道："这就是宇宙中最强大最神秘无所不在无所不能的咒语，即所有生物生存欲望的基因密码。刚才的乐曲只是它的音乐表现形式。"

　　众人震惊。

　　"元元刚才弹的乐曲也大致相似。只是，他不是在弹奏音乐，而是在繁衍后代。生命之歌通过互联网传到千万台电脑中，机器人种族就会在顷刻之间遍布全世界。你们都上当了。"他苦涩地说："人类经过几百万年的奋斗才占据了地球。现在机器人却能在几秒钟内完成这个过程，这场搏斗的力量太悬殊了，人类防不胜防。"

　　宪云豁然而惊。她后怕地看着元元，她已不能理解自己的"小弟弟"了。

　　孔教授问元元："你弹的乐曲是龙哥哥教的？"

　　"是。"

　　老人平静地说："对，他成功破译了生命之歌。实际上，早在30年前，我也取得了同样的成功。"

宪云和妈妈十分震惊。

他接着说:"那时我已经把生命之歌输到小元元体内。所以,实际上30年前,一种新的智能生命就诞生了。"他的目光灼热,沉浸在对成功的追忆中,随之他悲怆地说:

"但元元的心智迅速发展,成了对人类潜在的威胁。他六岁时,我狠下心把生命之歌冻结了,并加装了自毁装置,我发誓把这个秘密带到坟墓中。最近我发现应龙在重复我的成功,我曾努力劝阻他暂停这项危险的研究,可惜没有说服他。"他看看宪云,歉疚地说:"我已经决定拆除元元体内的自爆装置,但没料到应龙的进展那样神速,结果引发了那场不幸。云儿,是爸爸的疏忽害了应龙。"

宪云心酸地说:"爸爸,元元从旧书箱里发现了你的旧手稿,给了应龙,让他加快了研究步伐。"

孔教授恍然道:"噢。"

元元恳切地说:"爸爸,是你创造了机器人类,你就是机器人类的上帝,我们永远不会忘记人类的恩情。"

孔教授突兀地问:"谁做这个世界的领导?"

元元犹豫良久,才坦率地说:"听凭历史的选择。"

宪云和妈妈沉重地对望,宪云问:"元元,这些天你一直在利用我做掩护,推行你繁衍机器人的计划?"

元元坦率地回答:"是。"

宪云难过地说:"爸爸,我们都误解你了。"

孔教授反倒爽朗地笑了:"不说这些了。应龙的在天之灵可以安息。他为之终生奋斗的生命之歌已经破译,诞生了机器人类。而且,机器人类与人类的感情纽带经受了生死考验。我想两种人类一定能友爱相处。"

这时,托马斯跃上舞台:"亲爱的孔!"

孔宪云惊喜地说:"托马斯教授!你怎么在这儿?"

"我想找你母亲为我们的纪录片配主题曲,但我想已经用不着了,我发现了最合适的乐曲。"他笑着同孔教授和夫人握手,同元元拥抱。"孔先生,你能否同意把生命之歌给我做主题曲?"

孔笑道:"十分乐意。"他拉过元元:"元元,咱俩联手为托马斯先生再弹一遍,好吗?这可是一个历史性的时刻,两种人类的代表第一次联手弹奏生命之歌!"

他慈爱地看着元元,他的父爱在30年的压抑后汹涌奔流。元元高兴地答应了。两人联手弹奏生命之歌。牛牛和丁丁着急地喊:"还有我们!"随之变成四人联奏。

孔宪云等如痴如醉地听着,孔教授忽然唤宪云过去,边弹琴边低声说:

"给陈老打个电话,让他别担心。"

陈老的院子　日　外

陈老端坐在轮椅上,面容安详,医生和护士急急赶到,为他听诊完,医生摇摇头,对家属说:

"心脏已停止跳动。"家属们平静地接受了这一个噩耗。

医生是个天性诙谐又饶舌的家伙。他喋喋不休:

"其实我们该为陈先生鼓盆而歌,他的灵魂终于摆脱了这具过于陈旧的外壳。生死更替是上帝不可抗逆的法则。我想即使上帝本人也摆脱不了死神。愿已故上帝的灵魂在天堂里安息。"

在他饶舌的画外音中,各种善后工作有条不紊地进行。陈老的遗体被放到活动床上,盖上殓单,护士向门外推去,家属随行。电话铃响,医生接过电话,很高兴又有了对话者:

"对,是陈先生的家。谢谢,他不会担心,他什么都不担心了。他刚刚摆脱了尘世的纷扰和烦恼。这位一百零八岁的老人已经无疾而终。人生无常,但生命永存,真爱永存。再见。"

舞台　日　内

在饶舌的画外音中,宪云慢慢放下电话,茫然若失地看看父亲和弟弟激扬的背影，牛牛和丁丁兴高采烈的背影。

深沉的乐曲声。

虚拟外景

电波顺着网络传向全世界。宪云的声音伴随着电脑打印文字。

"公元 2053 年 4 月 1 日 16 时 2 分，全世界的电脑都接受了生命之歌，具有生存欲望的机器人类自此诞生。机器人类之父是伟大的科学家孔昭仁先生……"

非科幻小说

人与狼

许多日子以后，当丁丁纵身跳下悬崖的时候，她才发现，事实上从碰上周蛟的那一刻起，她就在一步步走向铁笼山峡谷。

那年丁丁十八岁，天光机械厂的车工。经常穿一身毫无曲线的蓝工作服，一头青丝囚在工作帽内，唯一算作装饰的是脖项处一圈鲜艳的亵衣领。但她不事雕琢的美貌还是让男人们怦然心动。

夏天的一个傍晚，丁丁正和女伴晓月在柴油机厂礼堂看电影《杜鹃山》，柯湘和毒蛇胆在银幕上热热闹闹地做戏，突然响起了凄厉的救火车警号声。还有警钟，当当地敲着夜空，丁丁随人群涌出去，看见火势在不远处的宿舍区，大火烧红了半边夜空，人声鼎沸。她想起倚门而望的老父亲，犹豫片刻，但禁不住晓月的撺掇，还是跑了过去。

火势已无可挽救了。这幢宿舍是由车间改建的，顶棚互相连通，屋顶的火舌从东向西蔓延，屋瓦如弹片般噼噼啪啪炸开去。一会儿工夫，一扇窗户无声地爆裂了，亮晶晶的玻璃碎片飞洒四周。火头从窗口喷出，呼呼作响，热浪迫人。丁丁看见几个女工拉着一个姑娘，姑娘痛哭失声，想挣开去扑向火海。后来丁丁才知道姑娘是想冲进去抢救她的衣物和现款，她马上就要结婚了。丁丁还注意到一个男人的背影。他双手插在衣兜里，懒散而潇洒，像是在观赏绚丽的晚霞，穿着粗劣的再生布工人服，肩部一块破片随风飘摆。这时他慢条斯理地踱过来。

"小何真要为爱情赴汤蹈火啦！"他不无恶意地嘲弄，"你干吗不把嫁妆送给我？只要你答应，我进去给你抢回来。"

丁丁气恨地瞪了那人一眼。不用说，他的血是冷的，连近在身旁的大火也烤不热。那人从衣物堆里拾一件棉衣，在水枪上湿透，湿淋淋地披在身上。

"说吧,"他平淡地说,"你的命根在哪儿放着?"

人们惊呆了,小何眼睛里透出希望,又不敢说话。那人粗鲁地骂:"扯淡,再晚就进不去啦!"

小何结结巴巴告诉了他。等维持秩序的民兵过来阻止时,他已经箭一般地冲进去。丁丁屏住呼吸,紧张地目随着。又一扇窗户爆裂了,碎片洒在他身后。他轻捷地跳进一扇窗户,随后的半分钟对丁丁来说是极难熬的。终于那个头发蓬松的脑袋在窗口出现了。他轻捷地跃出窗户,单臂夹着一只红色皮箱,棉衣已甩脱,背上几处火苗。几个姑娘高兴得尖叫起来,跑过去迎接他。丁丁长舒了一口气。这时屋顶无声地鼓动几下,闷雷一声,整个塌陷下去,灰尘冲天而起。晓月和丁丁忍不住尖叫起来。

那人赤着上身,被一群姑娘包围。丁丁觉得他倒是值得一看的,二十八九岁,身材健美,双眉斜飞,目光聪睿而倦怠。他漠然地听姑娘们叽叽喳喳,赞颂他不可思议的勇敢,然后把衣服团起来扔给小何,说:"洗好补好给我送去。"

"一群傻婆娘,"他想,"不在乎生命的人无所谓勇敢和怯懦,刚才不过是一场小游戏,拿生命当赌注换一点刺激。但你不能要求这群母鸡理解这一点。"

临走时他朝丁丁扫了一眼,他觉察到两道目光始终火辣辣地盯着他。

晓月拉拉丁丁,说:"哈哈,这人我认识。到河里洗澡时常听他在河边吹笛,吹得真撩人。我悄悄侦察过,他叫周蛟,是对面铁路装卸站的装卸工。""你侦察过?"丁丁吃吃地笑,"撩着你的心啦?晓月说,"我这个丑样子咋能配上他呀,让给你吧,让给你吧!"她怕挨打,说完就笑着跑了。

白水河傍城而过,1975年时,河水还算清澈。河边还保留着粗蛮的风俗。在这儿洗澡是不用游泳衣的,男孩子和男人们脱得精赤光光,从浮桥上往下跳,过往的女人们淡然地转过身去,桥下的洗衣妇若无其事地抡着棒槌。离浮桥不远处有一个河湾,被柳荫遮蔽,这儿是为女人们留的净地,弦月之夜,柳枝下就响起压低的笑声。

"丁丁你去吧,陪我去一次吧,"晓月央求着,"去一次就知道那种妙趣啦。"丁丁低声问,"是不是脱光?""是。"丁丁红着脸说,"那我可不好意思去。"但在失火第二夜,丁丁随晓月去了。柳荫和月色是很好的屏障,河水只及大腿,把赤裸裸的身体泡入水中,感觉到上温下凉的水缓缓流经皮肤,倒真有不可言传的妙趣。晓月快意地拍打着水面,"丁丁怎么样,我不骗你吧?"丁丁漫声应着,似有所待的样子。她说:"笛子怎么不响呢,今晚不撩你的心啦?"

正在这时传来清亮空灵的笛声,是陆春龄的名曲《鹧鸪飞》。笛声是贴着水面滚过来的,如玉珠迸裂,丁丁至死也不能忘记这种特殊的感受,她能摸到那玉一般寒冷而寂寥的笛意。

丁丁不觉站起身来,眼眶涌出热泪。受语文教师父亲的熏陶,丁丁是在诗的氛围中大的。"牧童归去横牛背,短笛无腔信口吹。""二十四桥明月夜,玉人何处教吹箫。"她很容易进入这样的诗境。这会儿柳荫摇曳,新月如钩,那么吹笛郎是月中人吗?就连她自身也成了诗境的一部分:伊人在水一方,凝望苍穹,寻找不可见的鹧鸪,或者说命运。

丁丁知道,其实从这一刻。她就心坚如铁了,她和周蛟应该属于一个世界。当然她不知道这是向铁笼山的峡谷走去。连晓月也明白无疑地看到她情感的升华。她搂着丁丁的肩膀体贴地说,"咱们过去看看吗?他就在另一个河湾,常坐在一株斜卧的柳树上,嘴边横一支笛子,两脚在水面上拍打着。"丁丁嘴硬地说:"我不去,我干吗去?"她想让诗境隔着层朦胧。

失火那天夜里,丁丁回家时已经十点多了。丁丁父亲听到门锁声,在里屋喊:"丁丁快吃饭吧,我刚热过。"

她端上饭碗到里间去,床上的猫抬起头,老气横秋地看一眼,又团起身子。父亲正在练字,伤残的小指不协调地低垂着,迎入眼帘的是"难得糊涂"的横幅。他是南寺完中的老资格教师,现在学校并没有真正复课,闲暇中他常以书法打发时间。严格来说,他的一生是按司马迁或方孝孺的教导走过来的,日子过得清苦,多病的妻子未能陪他熬过来。岁月已经使伤口结了疤，但丁丁时刻注意不去触动它。她总觉得自己身上担着亡母的一部分责任。

"爸爸你怎么越写越倒退！"她故意调侃，"过去你写柳体颜体瘦金体，都顶呱呱，现在写什么板桥体，枝枝杈杈拙手笨脚的，贼难看。"

父亲笑笑，说："电影看到这么晚？饭菜我已经热过两次了。"听了女儿的叙述，他略带诧异地问："周蛟？会吹笛子？我认识，他是高中六六届的，我送的最后一个毕业班。""真的吗？"丁丁说，"他到过咱家吗？我一点也不记得了。"她看见一片痛楚在父亲眼底鱼一般游过，立刻意识到自己的失言，与"文革"有关的事情都是该回避的，她自责道，"我太忘形了。"

"爸爸你喂猫没有？"她活泼地问，"白猫可是快生崽了。她怎么越来越死相了，总是满腹心事的样子。"

父亲说："猫也会老啊，老了自然有心事，它的年龄和你差不多呢。"然后他接上刚才的话题说："我教了三十年书，周蛟是难得一见的才子，文科理科体育乐器样样极出色，又能干点钳工木工。有一次我见他和代数老师争论，过后代数老师狠狠地承认，周蛟列方程不走常格，难以看懂，他能用逻辑思维代替几步数学运算。天知道他的脑子是怎么长的！我也很喜欢周蛟的作文，有一种超越年纪的冷峻和深沉，我想多半与他的家庭有关。他的父亲是本地世家子弟，极有灵性，但太聪明了，不知收敛锋芒，1957 年被打成右派，1967 年又被打成右派翻案，至今仍在狱中。"

"如果好好培养，我想周蛟会成为出类拔萃的人。"老教师总结道。"那么现在呢？"丁丁追问。

父亲没有回答，他说："天不早了，快睡吧。"然后又加一句："周蛟的女朋友叫史云芳，和他是同班同学，又一块下乡到铁笼山，不过她早回城两年，招到市医院了，是个好姑娘。"

丁丁脸红了，回到自己的住室。

一个月后，丁丁和周蛟已在柳堤幽会。丁丁记得那是个暴雨后的月圆之夜。浑浊的河水挟带着山里的蛮横，汹汹地拍击河岸，河面变得十分宽阔，对岸的柳林只剩下树冠。周蛟懒散地躺在绿茵上，丁丁屈腿坐在他旁边，相对不言，心里却是旧友般的默契。忽然周蛟一跃而起，甩脱上衣跳入洪水里，丁丁担心地看着他在如水月色中破浪前进，十分钟后他湿淋淋地爬上岸，手里擎着一个硕大的西瓜，打开一看却是生的，于是二人相对大笑。

丁丁的父亲也许会为自己的疏忽懊悔终生，他仍习惯于把丁丁看作天真未凿不解风情的丫头，没有注意到丁丁的眸子里始终反射着那晚的灯光。丁丁是凭着女人的直觉行事的，她没有忘记周蛟身上无人缝补的破工作衣。不久她就得知，史云芳已经是他人之妻，而且已经是母亲了。

那天父亲不在家，她接待了父亲的一个学生，他叫晋康，是周蛟的同班同学，一同下乡，又一同招工到铁路装卸站。丁丁从他那儿了解了有关周蛟和史云芳的所有内情，她愤愤地打抱不平：

"这个水性杨花的女人！她怎么这样狠心啊。"

和周蛟相比，晋康显得更老相，皮肤粗糙，额头密布皱纹，已是典型的下力人了，但他的回答里仍有读书人的睿智和练达。

"话不能这样讲，"晋康沉重地说，"自然，史云芳没能坚持到最后一步，可她真不能算作一个坏女人。周蛟的病退是她给跑成的，周蛟回城后一年多找不到工作，吃喝穿戴都是她送到家里。她爱得很痴，奋不顾身。但每个人都有每个人的难处。史的爹妈死活不同意这门亲事，打过骂过，哭过闹过，那个家几乎给毁了。谁不心疼自己的爹妈呢？还有儿女的前途，这对一个女人来说肯定不是无足轻重的，而且我感觉到是周蛟后来伤了她的心。唉，可惜他们没有好合好散，两人分手时，周蛟做事太狠心。"

几个月后，晋康的女儿贝贝肺炎住院。丁丁去探望时，几个实习护士正忙着给贝贝脑门上扎针输液。贝贝又白又胖，血管不好找，几针都扎空了。孩子撕心扯肺地哭着，小护士们悄悄叽咕，"叫护士长来吧，叫护士长来吧。"护士长来了，默不作声，细长的手指熟练地推压皮肤，一针下去，针管内有了回血，周围的人才松了一口气。丁丁对这位护士长很有好感。

第二天再去探视，护士长正和晋康在床边闲聊。晋康说："我介绍一下，这就是史云芳。"丁丁无端地脸红了，心头怦怦地跳。这时她才知道，其实她一直盼着这次见面。史云芳是一个整洁的妇人，明澈如水的眼睛，浅浅的笑靥，依稀显出昔日的风情，只是面庞已失去了少女的娇艳，显出工作后的疲惫。她们互相打量着。

"你是丁丁，对吗？"她娓娓地说，"我听说过你，我祝你们幸福。"

"谢谢你，"丁丁喃喃地说，"我认得你，我在他家墙上见过你的照片。"

史云芳脸红了，凄然地说："是我不好，我害了他。你别看他外表冷傲，实际上心头尽是伤疤，一道比一道深。我也忘不了几年的相处，忘不了铁笼山那晚的狼嚎，孤独而凄厉。你想听我讲讲吗？"

于是她说道："1968年10月，我们一块到铁笼山林场，山口附近有一座劳改农场，公路直通到这里。再往里走二十多里才到农场，到场第二天，闷极无聊，我和几个女伴到劳改场串门。场里的公安人员很欢迎知青来玩，他们也寂寞，因为和犯人是无法建立友谊的。我偶然看到一个面孔很熟的犯人，穿着白色囚服，剃光头，畏畏缩缩，我几乎认不出他了，因为过去见他时，即使身为右派，也能感到他骨子里的傲气。他就是周蛟的父亲。

"第二天我拉周蛟散心，爬到了主峰。那是一座刀劈斧削的绝壁，白云在脚下徜徉。透过云烟，可以看到白色的水迹向远方伸展，在群山中时隐时现。我忘不了断崖半空的青松，孤傲清冷。山顶有一片小小的平场，和一间仅能容身的石屋，听说明末一位遗老在这儿苦修了三十年。周蛟嘻嘻哈哈地钻进去参禅打坐，等他出来，我把劳改场的邂逅小心地告诉他。至今我忘不了他当时的表情，面色铁青，两眼荧荧地注视着深渊，像一头狼。他说他早知道了，只是没告诉我。没想到把我也分到这儿，算得上殊途同归吧。"

"我问他用不用捎个口信呢，他说用不着。各人管各人吧，挣出一个活一个。按说最好是从绝壁上往前多走一步……

"那晚，我看见一头孤狼蹲在山梁上，昂首向着月光，叫声拖得很长很长。就在前天进山时，在劳改场附近的漫水桥我们碰见一头狼蹲在桥头，那会儿正是周蛟替司机开车，他兴高采烈地吆喝一声，满踩油门穷追过去，硬是把狼轧死了。我们下去看了狼尸，好长的身子，满嘴狰狞。本地人说，这不是狼，叫山混子，你们可要小心。别看它死了，这会儿若是把手伸进它的嘴岔子里，咯嘣一声就咬断啦。今晚这头孤狼是不是前天那只死狼的伴侣呢。"

史云芳说着，眼睛红了。丁丁把贝贝搂在怀里，悄悄抹去自己的泪珠。史云芳又说：

"我知道他恨我，我太自私，太软弱，在他心上又刻一刀。他父亲没出狱，娘又去世了，剩下他孤身一人。我真盼着你俩的事成功，暖暖他的心。可是你父亲能答应吗？'文革'时期周蛟做过一些对不起你父亲的事。丁丁你还小，这件事要慎重啊，他经不得再受一次伤了。那会毁了他，也会毁了你。我好歹是过来人，这些话你千万记住啊。"

丁丁听出话语之间的阴暗和凄苦，茫然地点头，茫然地走了。这其间晋康一直是作为一个局外人，低声给贝贝讲故事。丁丁走后他才说，"我看最好不要撮合这门婚事，丁丁是个太诗意太单纯的女孩，有你的善良，没你的刚强，我怕周蛟的阴影会把她吞没了。"

他看看史云芳，他知道史云芳的婚姻并不如意，忍不住说："还有你哪，该忘的就忘了吧，不能一辈子生活在阴影里。"

史云芳勉强一笑，亲亲小女孩走了。

有些回忆是抹不掉的，史云芳想。其实回忆比生活更真实，因为岁月删去了枝蔓，淡化了背景，凸显了本质。

铁笼山之夜在她的记忆中是鲜红色，是银白色。那天他们默默迎来了傍晚，晚霞似火，夕阳如血。他们觉得心灵渐被天地的浩然正气充满，既悲且壮。于是周蛟掏出笛子，简直是开了一晚的演奏会，只有史云芳和夕阳是听众。《满江红》《梅花三弄》《双声恨》《春江花月夜》……凡是史云芳过去在他那儿听过的，都又重新听了一遍，或悲或喜，或歌或泣，史云芳完全沉浸其中了，直到明月爬上山头，他们才恍然悟到今天是中秋之夜。

那晚两人谁也没提回场的事。等周蛟去解史云芳的衣扣时，她也丝毫没有拒绝。石屋太小，他们把衣服铺到平场上，并排躺下，让裸体沐浴在溶溶月色中，眼神逐渐迷乱，情火凶猛地燃烧。"周蛟你等等，"她呻吟着说，"把我口袋里的手绢掏出来。"然后他们在万仞绝壁上完成了阴阳结合。一阵撕裂的疼痛后，史云芳觉得自己向深谷坠落，像一片羽毛，晕眩而轻松。白手绢上处女血斑斑如桃花……

她忽然发现周蛟以手压额，面色苍白，表情极度痛苦。"你怎么啦，怎么啦？"她直着嗓子哭喊。周蛟睁开眼，勉强一笑说："不碍事，一会儿就好。"果然一会儿过后他重又变得生气勃勃。"周蛟你怎么啦，"史云芳不好意思地说，"我还以为你是什么书上写的脱阳而死呢，我吓坏了，你摸摸我的心跳。"周蛟沉沉一笑，说："我也不知道，刚才头像炸裂似的疼。这大概是男人失去童身的初疼吧。"

秋夜太冷，他们挤进石屋紧紧拥抱，聆听宇宙的万籁之声，听孤狼凄厉的长号。史云芳想，这晚她的心灵是如此圣洁，恍然是两个裸体的童男童女，躺在银盘上向上帝献祭。即使在后来的新婚之夜，面对丈夫冰冷的鄙夷，她感到内疚，但没有后悔。

丁丁第一次在装卸站亮相时，几个苦力被她的美貌震撼了，她显然特意打扮了一番，黑色的高跟皮鞋，绿色短外套，淡紫色的纱巾。大伙热情地和她打招呼。

他们正站在车厢上卸沙子，到处是白蒙蒙的灰尘。晋康说："丁丁你别过来了，这儿太脏。"又说："周蛟你走吧，剩下的活我们全包了。"

他俩站在栈台上，丁丁解开周蛟脖子里的毛巾，为他掸去灰尘。她低声说，"来这儿时我还担着心哩，怕他们开玩笑太粗俗，没想到都挺有礼貌的。"周蛟笑着说，"他们的文化层次不比你低，大半是老三届高中生。"他推上丁丁的女车，说，"咱们沿铁路走，这边近。"

"你们用那么大个的铁锹？"丁丁好奇地问，"我从来没有见过，比我们家的簸箕还大。"周蛟说，"你要是看见我们吃饭才惊奇呢，喂牛似的，每人一大盆。"他忽然站住脚说：

"不久前有一对年轻人卧轨自杀了，喏，就在你脚下，我亲眼见的。"

"为什么？他们为什么自杀？"丁丁震惊地问。

周蛟漠然地说，"不知道。身上没有任何东西，没有笔记本，没有粮票，连衣服的商标也撕掉了。看来他们存心不想留下任何痕迹。死得倒无牵无挂，只有女的攥着一束血红的石榴花，不外乎为情而死吧。两人轧成四截了，很惨。"他看到丁丁的泪珠，不再说了。

周蛟家藏在深深的小巷，院内有一株百年紫藤，虬枝盘旋，院落也因此而幽晦潮湿。墙边还有一棵硕大的石榴树，正是开花时节，榴花火一般热烈。丁丁想，显赫一时的周家，如今只剩下这两株紫藤和红石榴了吧。

屋子很小，除了一张旧床，就只有一张破旧的红木小桌，纹饰复杂，显然是过去的遗物。墙上并排挂着七支套笛，一色的黑绸笛袋。丁丁取出一支曲笛，抚摸着紫红色的笛身和同心结流苏，无端地想这一定是史云芳编结的。

周蛟在院内洗了身子回来，肌肉凸起的胳膊上挂着水珠。丁丁拿毛巾为他揩干，说："周蛟你吹一支吧，好久没听你吹笛了。"

周蛟摸摸笛子又放回带中。他说："晚上到河边吹吧，这儿太乱，没那个情趣。"又问："你到车站把我找回来，有什么事？"

丁丁这才想到自己的来意，眼眶中很快涌满了泪水。"我家的一只小猫死了，"她哀哀地说，"太可怜了，被自己的妈妈吃了。"她从挎包里取出一个纸包，打开，里面是白色的手绢包，渗出斑斑血迹，她发现周蛟死死地盯着那块血巾。

她解着手绢包说，"我爸说'猫老吃子'，也是有过的事，可能是老猫奶水不足，养不活四只小猫，只好吃掉一只，多产点奶水。可是当妈的能这样心狠？我把小猫带来了，你帮我埋了它吧，就埋在紫藤树下，这儿很美。"

手巾打开了，露出一只猫头，囫囫囵囵，痛楚地闭着眼，皱着眉头。她恐惧地发现周蛟的身体变僵硬了，眼里有死亡的寒光。她怯生生地推推周蛟，周蛟从虚幻中醒来吁口气，说："埋了吧。"他挖好墓坑，又问，"那块血巾呢，埋不埋？"

"埋，一块埋了吧。"丁丁忽然又跑到石榴树下，摘几朵榴花洒在猫头上，然后说："埋吧。"一只猫头对周蛟有如此强烈的震撼，这件事笼罩着一层神秘。

1967年的一个无月之夜，周蛟驾着一辆满载人员的货车在山区公路上疾驰，他的开车技术是在半天之内学会的。很快，他不怕死的车速便令老司机们侧目。在一次文攻武卫中，他驾车冲过封锁线，为了躲避弹雨，他竟然仰在驾驶室底板上，用两只脚掌握方向盘，依照天空的树梢掌握方向。这更使任何司机都自叹弗如。

那天是全地区的地派统一行动，全省的天派地派之争已近尾声，由于中央的支持，地派获得了绝对的胜利。但远阳山区的几个三线大厂是天派掌权，他们凭借雄厚的经济实力负隅顽抗。总部连合了十县的力量，要一举摧垮这几个堡垒。

周蛟的车遥遥领先。弯道减速时，山风就把后边车厢内的笑声推进驾驶室。他听见一个姑娘银铃般的笑声。上车时他就注意到这个身材颀长的姑娘，她抢先爬上汽车，双手扶住铁栏杆，倒像检阅台上爱笑的女将军，她就这么笑着检阅了死亡。

前面是一溜下坡，铁桥对面灯火通明，那就是厂区了。周蛟兴高采烈地挂上五挡，看着车速表的指针在 100 千米的刻度上抖动。忽然他在眼角余光里看到一道死亡的寒光，然后车上传来一声凄厉的号叫。他用力踩下刹车。

车上一片鬼哭狼嚎，那位姑娘成了无头之尸，顺躺在车厢里，腔子里的鲜血喷洒在人脸上、车厢厢板上，涂成一幅惨烈的油画。原来天派早在要道处张上了强力合金钢丝，高度正好是车上人的咽喉处。对于高速行驶的汽车，这根银色的钢丝无疑是极锋利的屠刀。

周蛟跳下车，翻肠倒肚地呕吐一阵，然后他寒着脸说，"得把脑袋找回来，不能送回家个无头尸体。"一车人满脸鲜血，厉鬼似的呆望着他，没人应声。他只好拿上支三节手电独自回头寻找。

姑娘的头颅静静地卧在草丛中。很干净，很完整，笑纹尚未消尽，已经永远冻结其上了。惨白的嘴唇仍然柔软而潮湿。周蛟解下臂上的白毛巾——那是夜战做标记用的，小心地捧起人头。他依稀听见嘴唇银铃般地低声呼唤，"吻吻我，周蛟，吻吻我。"他知道是死亡女神诱惑的媚音。

他把人头递上车,说:"把它和她放在一块儿,喂,毛巾还给我。"然后他把毛巾仍绑在右臂上,他似乎闻到浓烈的血腥,听到自己喉咙里狼一样咻咻地喘息。

埋葬了猫头后,周蛟推上丁丁的车子,送她回家。夜很静,能听见自行车风丝清脆的金属声。丁丁说:"这半天你怎么一直不说话?周蛟,有时候你让我害怕,你的两眼像枯井一样深不可测,好像藏着什么可怕的东西,让我猜不透。"周蛟淡淡地说,"连我都看不透自己,何况你?"

他们在丁丁家门口停住脚步,像往常一样,丁丁感到歉疚。她不敢邀周蛟进屋。自从听了史云芳那几句藏头露尾的话以后,她不敢在爸爸面前提到周蛟。周蛟究竟对爸爸干过什么?她不敢问,就像她不敢看见鲜血一样。至于以后如何——听凭命运吧,但愿爸爸能淡忘这些。她踮起脚尖迅速地吻了一下,一笑而去。

大门轻轻合上了。周蛟想,丁丁就像一条清澈的浅溪,任何心理活动他都了如指掌,不过他从没打算过忏悔,那不是他的性格。谁向他忏悔过?他想起十几年的"狗崽子"生活,他学会以病态的自尊来对付,毕竟他超群的智力是任何人不能小觑的。但在"文革"时期,他的心理平衡被彻底打碎了。学校成立了各个战斗小组,而他成了无人理睬的臭狗屎,独自坐在空教室内,面前摊着一本"十六条"。只有身临其境的人,才会明白这对一个心高于顶的青年何等残酷……而后是父亲戴着黑帽子立在门口;再往后是妈妈被逼着端一碗白米饭,坐在批斗台上吃,那是为忆苦思甜会特设的靶子。他不无恐惧地发现,社会把他血液中的兽性逐日浓缩,一直到爆炸。于是他跳出来,干得更出格,更别出心裁,而丁丁父亲,不过是恰巧碰上他的第一个牺牲品罢了。就是这么回事。

正待转身时听到丁丁的哭喊,"爸爸你怎么啦,爸爸!"他没有犹豫,撞开大门奔进去。他看见丁丁父亲斜瘫在床上,目光空洞,嘴里咿唔不清地翕动着,丁丁跪在地上使劲摇撼父亲的身体。他喝一声:"丁丁不要动!这是中风了,快把他放好,我去借板车!"

十分钟后,他从不远处一个装卸工家里借到板车,气喘吁吁地拉回来。丁丁哭着,把洁白的被褥铺在污黑的板车上,他拉上板车往市医院跑。值班医生打着呵欠从里屋出来,翻翻病人眼皮,说:"这儿没病房,你们拉到中心医院吧,中心医院设备好。这儿真的没病房,再说也没用。"

丁丁的泪水唰唰地流下来。周蛟寒着脸想想,说:"丁丁你把史云芳喊来吧,她就在前面那幢楼,三单元二楼西侧。"

史云芳扣着衣服急匆匆赶来,一切问题都迎刃而解了。值班医生详细检查一遍,说:"这是心室纤颤引起的脑部暂时供血不足,不要紧。如有病房观察一两天更好。"史云芳领着他们,顺利地找到一间备用的单人病房。丁丁感激地说:"芳姐你快休息去吧,芳姐你的人缘真好,今天多亏你了,也多亏周蛟。"史云芳往身后扫一眼,低声问:"他呢?"丁丁说:"事情安排好他就走了,说是去还板车。"

史云芳走到床边俯下身去,"黄老师你安心养病,明天白班,再找一个好大夫给检查一下。"丁丁父亲已经基本恢复正常了,感激地说:"你快去休息吧,累得你一夜没睡觉。"史云芳嫣然一笑,"自己的学生还讲什么客气?"丁丁发现,她笑起来确实十分迷人。

史云芳走后,丁丁父亲就闭上眼睛,是一种去过天国的人那样的表情。丁丁不敢说话,怯怯地坐在床头。她不知道周蛟这次亮相是祸是福。她觉得和父亲之间有了层隔膜,无论如何,她不再是可以撒娇作痴、童言无忌的小丫头了。

第二天下午探视时间周蛟露了一次面。他没带水果点心,在门口买了两碗鸡丝馄饨端来,不亢不卑地喊了声:"黄老师你好些了吧。"丁丁父亲欠起身,微笑着说:"丁丁快接过来,我的病没关系,医生说明天就能出院。昨天多亏你和云芳,当老师的得着学生的济了。"周蛟眼睛看着别处,说:"黄老师别说了,别说这些话了。"丁丁父亲说:"你的近况怎么样?"周蛟淡然一笑,说:"干装卸工呗,把沙子撂上去,煤块推下来,没啥可说的。"丁丁父亲稍微犹豫,说:"我有句话可能不合时宜,希望你能振作,不要自暴自弃,你的才能不是人人都有的,不要辜负它。"周蛟不置可否地笑笑,没有应声。

这时他们觉得可说的似乎已经说完，一种尴尬的雾气渐次升起，周蛟适时地起身告辞。

他在病房门口与史云芳照面，甚至丁丁的眼光也能看出两人的复杂心态。史云芳下意识地顺下眼睛似乎想躲避，随即又抬起眼睛，笑着说，"你来看黄老师？"周蛟则一直笑吟吟地看她，这会儿接上一句："你白班？"于是二人点头告别。

丁丁把周蛟送到大门口，回来时见史云芳斜倚在暖气片上，正和父亲低声交谈，一种沉重的情调笼罩其上。"丁丁你过来，我想和你谈谈，"父亲说，"云芳也不必走，这些话不瞒你。"

丁丁知道那个时刻已经到来，惊慌地望望云芳，从她复杂的表情中看不到答案。丁丁父亲说，"经过这一场病，我发觉你已经是个大人了，可能发觉得太晚了点。"他苦笑一声，"我想和你以大人的方式谈一谈。你喜欢周蛟？"丁丁点点头。"不知道你是否清楚，'文革'初期周蛟对老师包括我，干过一些出格的事情，很出格的事情。不过，过去的事情不提它了，全国上下人人都疯了，何况一个小青年？我是能够谅解的。"

但他接下来的话无情地打碎了丁丁的幻想，语调渐渐严厉，他说："作为一个青年我谅解他，并不意味着我能接受他成为家里的人，丁丁，他的心理太阴暗，实际上和你是格格不入的，你嫁给他不会得到幸福。他的为人之道与咱家的规范是不能相容的。你已经长大了，婚姻大事我不干涉，但我决不会承认这个女婿，你听清了吗？"

他说完后很疲倦，闭眼躺下了。丁丁哽咽着，泪眼模糊地求助云芳。这使云芳处于很为难的境地，理智地讲，黄老师的话不无道理，虽然有些偏激。她沉默良久，叹口气说："黄老师你不要激动，这对你的病不好；丁丁你冷静考虑一下父亲的意见，婚姻大事还得靠你自己拿主意。我只有一点意见，不管这事如何结局，都要冷静，过一段时间再处理，不要把事情激化，黄老师你懂我的意思吗？"

她看看泪人似的丁丁，叹口气说："我该走了。"实际上，从这一刻起已有一种灰暗的预感横亘在她眼前，驱之不去。水晶般透明的丁丁实在令她担心,她知道周蛟的性格。

当年史云芳最终和周蛟分手,相当一部分原因是她已逐渐难以忍受他的灰暗气息,这种灰暗逐日渗入自己的心境,就像一条黑色的毛虫慢慢蚕食一片绿叶。她到周蛟家大哭一场。周蛟早有准备,拿出一沓钱说,"我算了算,这几年你为我花了近四百元钱,我一下子拿不出,先还这么多吧。"史云芳瞪着他,嘴唇哆嗦地问:

"你非要在我心上多咬一口?"

周蛟笑笑,说:"你知道我的性格,不会接受外人钱财的,你收下吧。我祝你今后幸福。"史云芳接过钞票想撕碎,没有撕烂,极端的痛苦使手指麻木了,这种冰凉的麻木感正沿着手臂向心脏辐射,胸膛像锤击一样疼痛。

她知道自己对不起周蛟,周蛟要是骂她、打她,甚至拖着头发在地上走,她的心里还好受一些。但周蛟毕竟知道怎样做才最伤她的心。那晚她在环城马路上哭了很久。

"我想我们该分手了吧。"丁丁一踏进家门,周蛟就笑着说,指了指床上叠得整整齐齐的衣服,是不久前丁丁为他置买的。"你看,你送的衣服我没有穿,我已经有经验了。"

丁丁愤怒地瞪着他,突然走上前去使劲捶打他的胸膛,泪水像泉水一样无声地涌出。这种炽热的真情使周蛟很感动。他捉住丁丁的手,把她揽到怀里,说:"别哭了,有什么话你说吧。"丁丁哽咽着说,"你还不了解我?干吗还要伤我的心?告诉你,从失火和吹笛那两夜之后,我的心就属于你了。咱们该商量商量,怎样才能说服我爸。"周蛟寒着说,"要找你爸忏悔?"丁丁看看他,叹息道:"我不逼你干你不愿干的事。"周蛟沉思有顷,说:"你已铁了心了?""是,铁了心了。""将来跟我受穷不后悔?""不后悔。""一辈子看人白眼也不后悔?""不后悔。"周蛟停停又说,"跟我去卧轨也不后悔?"丁丁咬着牙喊道:"不后悔!上吊也不后悔!跳崖也不后悔!"周蛟捧着她的脸,看她被泪水脏污的可笑的脸庞上散发着光辉,一种酸苦的感觉咬啮着他的心。

周蛟把她使劲抱到怀里，感觉到柔软的胸脯和青春的心跳。然后周蛟开始熟练地抚摸，直到她的气息加粗，皮肤火热，乳头发硬，身体像弓一样绷紧……他把丁丁抱到床上，拉灭了电灯。

事毕，周蛟斜倚在墙上，拉开电灯，点起一支香烟。丁丁无限娇羞而温柔地趴在他怀里。周蛟感慨地想："女人哪。刚才在情热之中，丁丁还呻吟着说给我拿条毛巾，要白色的。"这使他恍然回到了铁笼山之夜，看着史云芳娇羞不胜地把白色的血巾小心地叠起来。但他怅然发现，自己没有了那种头痛欲裂的感觉，他已不是童身了。

"我已不是童身了，"他想，"从身体到心里。"这次交媾没有了铁笼山之夜的那种新鲜，那种圣洁。他已把自己失落在某个幽暗的深渊里了。

他抚摸着丁丁赤裸的脊背，漫声说："其实你爸的态度不难改变，虎毒不食子嘛。"他逐一向丁丁摆讲：某人的父母不同意女儿的婚事，后来女儿怀孕了，父母也不再言语。某人的父母更凶，女儿婚礼上还闹了一场。但外孙生出来，外婆就托人送来了鸡蛋和童衣。他说："丁丁你懂我的意思吗？这是被逼无奈的法子。"

丁丁的喜悦渐渐掺进去悲哀和愧恨，她觉得自己正参与着一场阴谋，窃窃私语着玩弄父亲的感情。但她最终把头靠在爱人胸膛上，声音朦胧地说，"我听你的，我累了，我要睡了。"

几天后的一个晚上，史云芳敲响了周蛟的家门。里面没有动静，她又坚决地敲下去。门开了，周蛟看见是她，微微吃惊，然后礼貌周到地让她进门，招呼她坐到紫藤架下的石凳上，说："外边空气好，你看这石榴花开得多红火。"

片刻之后，丁丁才姗姗从屋内走出。几天不见，云芳发现丁丁已具有妇人的成熟之美了，两颊晕红，目光潮湿而明亮，柔发有些散乱。史云芳自然知道这意味着什么，但她所担负的使命，已经使她没有闲心去难为情了。她在心里苦声喊："丁丁啊丁丁。"

丁丁娇羞地过来，挨着她坐下，喊一声云芳姐。云芳拉着她的手说，"丁丁，我有几句话想和周蛟单独谈一谈，可以吗？""可以的可以的。"丁丁立即起身回屋，似乎这样才能体现出她对云芳姐的信任。

丁丁坐在屋内，以手支颐，心想："云芳姐有什么急事，是关于爸爸的？不像，爸爸最近的身体和心情都不坏。或者云芳和周蛟过去有过一个孩子，最近又找到了，即使这样，我也不会怨恨，我会代她把孩子养大……"她从不着边际的遐思中醒来，见云芳姐已匆匆告辞了。周蛟背手立在石榴树前，一言不发，像一座石像。

"喂，有什么秘密，能不能传达到我这一级？"她走过去，对着爱人的背影调皮地说。她听见周蛟喃喃地说："石榴花开了，你看红得像血。卧轨的俩人已经一周年了，他俩倒好，死得无牵无挂。"等周蛟回身时，丁丁感到了真正的恐惧，全身坠入冰冷的冥河。她在周蛟眼里又看到那种死亡的寒光，而且并不是简单的重复。

周蛟揉搓着一朵榴花，说是晋康托她捎来一个口信。

"冥冥中是否有一张恢恢天网，疏而不漏？"周蛟冷笑着问自己。远阳山区那一夜，他把血巾扎在左臂上，又开车前进了。死者及她的头颅仍在车上，随着汽车颠簸雀跃，不久后某厂就被围得里三层外三层。但天派仍十分嚣张，十几辆土坦克耀武扬威地轮流巡逻。这些坦克都是由拖拉机、推土机改制，钢板焊得严严实实，只留下几个观察孔。车顶伸出一根喷管，喷溅着硫酸，毒液落在水泥上，咝咝地冒着气泡，其中有一辆是宣传车，脆亮的女声不间断地高喊："天派必胜！地派暴徒没有好下场！"

那时还没有枪支，凭手中的长矛奈何不了这些钢铁怪物。被激怒的围攻者用各县的方言破口大骂："他妈的，老子捉到这个小骚货先把你的毛薅净！"突然，宣传车咯噔一下停住了，发动机仍在轰鸣，硫酸仍在喷洒。周蛟第一个意识到是这辆车的传动系统出了毛病，拎起一根铁棒跑过去，跳上车先把喷管砸弯，喷管像死鸡一样耷拉着脖子，仍向地下滴着硫酸。周蛟从后来者手中接过长矛，喋血的欲望烧沸了全身的血液。一个娃娃脸的小胖子打着三节手电，说："气孔在这儿，在这儿！"光束射进密闭的车厢内，白色的光圈

黄金黄金

罩住一个姑娘惨白的脸庞惨白的嘴唇,上面凝固了死亡的恐怖,看着长矛从孔口里伸进来,那姑娘一动不能动,死亡把她冻僵了。小胖子在身后伸着脑袋热心地校正着,偏左一点再偏左一点。然后周蛟像做外科手术一样,准确地把长矛捅进去。鲜血顺着矛杆逆射过来,弄脏了双手,他解下臂上的血巾厌恶地揩净。

车内的男驾驶员也同样处理了,但令周蛟不解的是,为什么此后只有那姑娘留存于记忆中。那惨白的嘴唇缓慢而沉重的逼近,银铃般地呼唤着:"吻吻我周蛟,吻吻我。"等他喘息着把梦魇推开,他能感觉到死亡之吻留在他口唇上的冰凉。他呻吟着说:"你放开我吧,放开我吧。"

当时在场的都是外县人,没有人认得他。他强迫自己把这些锁到记忆的深处,甚至对史云芳也未透露半字。结识了天使般的丁丁后,他庆幸自己渐离那种阴暗那种恐怖那个地狱了。他想把另一个周蛟扔掉,伴着丁丁试探一条陌生的路。忽然他揉揉眼睛发现死亡女神在前边好整以暇地等他,她只不过是开了一个恶意的玩笑。

晋康托云芳告诉他,远阳公安局在调查他1967年5月份的活动。晋康说:"我不知道你那时干了什么,给你报个信,希望你好自为之吧。"

几天后,丁丁和周蛟一起失踪了。丁丁父亲、晋康、晓月、云芳发疯般地找了几天,后来晓月拿来一封信才使老人彻底绝望。信写在晓月的日记本里,字迹很潦草:"晓月你告诉我西安的姐姐,代我孝顺爸爸。我没脸给他们写信。"

丁丁父亲大病一场,两个月后才起床,他说话的声音虚弱而空洞。晋康和云芳经常探望他,他们叹息着说:"黄老师已经死了,实际上黄老师的心已经死了。"

他们不知道,此时周蛟和丁丁正在铁笼山山顶的石屋内,望着山头皎洁的明月。他们是游玩了杭州、太湖几个地方后,赶着八月十五这个日期返回的。丁丁喘息着,腹部微凸,刘海被汗浸湿。周蛟脱下外衣披在她身上。

其实他们的心境很平静。死亡与他们耳鬓厮磨了两个月,已陈旧得没有血腥味了。丁丁说:"这儿好像来过似的,这石屋、这月亮、这狼嗥,我都很熟悉。这只狼是不是云芳姐说的那只?你看它叫得多凄厉。周蛟你的笛子呢?再吹一次吧,让你的儿子或女儿也听一听。"

周蛟取出笛子,挨近唇边,碎金裂帛的一声,但笛声没有续上。周蛟放下笛子说:"对不起丁丁,我这会没有情趣,吹笛要是没有灵性,就会干涩嘶哑,我不想给你留下一个坏印象。"

丁丁说:"好吧,我也想留住河边那晚的印象。"她清楚地记得那晚的笛声,笛声是从月宫中传来的。她也清晰地记得失火那晚,窗户里出现的蓬松头颅,就像雄狮从森林大火中咆哮冲出。接下来是两年空白。她是直接从诗境跨到铁笼山上的,这怎么可能?她心里发苦地想,这怎么可能呢?

周蛟走出石屋,把笛子扔向崖下,他不再敢看丁丁的眼睛,他当然读得出这两汪幽泉中所包含的内容。在旅途中,丁丁已经用目光暗示过多次了:"周蛟,我们不走这条路吧,哪怕你坐牢十年、二十年,我等你,我把腹中的孩子养大,为爸爸送终……"

他冷笑一声。坐在牢里看四角的天空,把才气和灵性磨尽,变成他父亲那样的空壳?他害怕这个甚于死亡。月色如银,山风从深谷翻上来。他看看深谷,谷里没有蒙上月光,幽冥黑暗。银白与黑暗的交界正在脚下。真不忍离开丁丁,独自跨进黑暗中去。不过,丁丁会跟上来的,他有把握。

"我走了,丁丁!"他喊道,然后闭上眼睛,草草地跨过这条阴阳界。

死亡女神又和他开了个玩笑。等他醒来时,山顶上已抹上一缕霞光。是断崖半空中那株松树把他托住了。他的脊背已经摔断,只要略一动弹,鲜血就从口中咯出,他呻吟着:"我在哪儿?我还是周蛟吗?"

他的双手下意识地抓紧松枝,快放手吧,这些早该结束了。但双手丝毫不肯放松。这时一条纱巾从山顶飘下来,在霞光中变得鲜红而透明,山风托着纱巾从他面前缓缓飘过。他听见山顶上一声高亢的呼喊,然后一个身影从霞光中浮出,带着呼呼风声从他眼前坠落。

十几天后晋康和史云芳匆匆赶到铁笼山。丁丁父亲没有来,他说:"我的女儿已经死过了,人只能死一次。"

铁笼山对于他们来说是旧地重游,但已人物全非,恍如隔世了。副场长老齐是熟人,热情地接待了他们。"你们来晚了,"他惋惜地说,"周蛟昨晚才咽的气,死得很受罪,脊骨摔断了,在树上挺了几天。等我们发现后救上来时,人已经瘦得脱相,我差点认不出来了。那女子是在谷底找到的,法医说已经怀孕三个多月。真作孽,多聪明的人,咋会走这条路呢。"

老齐沉重地摇着头说,"周蛟自打救上来到死没说一句话,你们没见他的眼神,太可怕了。"不过他忽然想起周蛟和史云芳的关系,没有再说下去。

周蛟的身体已经枯干,一层薄薄的皮肤包着一架骷髅,脸上还凝结着死前的痛苦。史云芳用手绢捂住嘴巴,强抑着没有大哭。老齐怜悯地看看她,说:"女的已就地埋葬了,周蛟呢,和她合葬吧。"

周蛟和丁丁的坟墓坐落在一道清幽的山谷,这儿可以仰望到铁笼山的主峰。晚风拨弄枯草,低语着凄凉。他们备了几件祭品,默默地凭吊。陪他们上山的老齐说:"天不早了,走吧,这儿不安全,前些天农场的年轻人在附近掏了一窝狼崽,母狼像疯了似的,满山乱嗥。"

晋康说:"我昨晚也听到了,叫声真瘆人。"史云芳用野草野花编了一个花圈,放在丁丁墓前,她的眼眶又红又肿。晋康劝她:"走吧,不要难过了,也许有一天我会把他写出来。我一定会写出来的,再把文章拿到这儿烧化。走吧,云芳,走吧。"

人之初

读史书有这么一个粗浅的印象：中华民族的童年期在春秋战国之后就过早地结束了，很突兀地结束了。在此之前，中国的士大夫们还保留着童稚民族的好奇，认认真真地探讨"一尺之棰，日取其半"，是否会"万世不竭"；探讨"人之初，性本善"抑或是"性本恶"。到了秦帝的焚书坑儒和汉帝的独尊儒术之后，这类迂阔的探讨就几乎断根了。

西方社会则一直保持着童心。不久前我看了英国科学家理查德·道金斯所著的《自私的基因》，觉得它不啻是"性善恶论"的现代翻版。作者说，按达尔文主义的观点，生物当然也包括人的本性是恶的，是自私的，因为只有那些最损人利己、最强梁霸道的个体，才最容易生存——从而把它们所携带的自私基因延续下去。支持这个观点的例子举不胜举。比如杜鹃会把蛋生在其他鸟的巢里，而且小杜鹃必定抢先破壳而出，这时，它会非常敬业非常负责地把其他鸟蛋用脊背推到巢外去，然后心安理得地独享义父母的哺育。又比如某些猴群中，新王一登基，就会毫不犹豫地杀死所有尚在哺乳期的幼猴，以使正哺乳的母猴能重新发情，怀上新王的后代。

这么着，经过一代一代的自然选择，一代一代的浓缩，"邪恶"岂不是要充斥天地了吗？却又不尽然，生物社会中还有完全相反的例证：所有的母性为了护雏不惜牺牲自己，雁哨在发现敌人时完全不顾自身的安危，工蜂抵御外敌时抛弃了自己的生命……这又是为什么？为什么这种导致自身死亡的基因没有被淘汰？原来大自然还另有一套巧妙的机制：生物个体与它的血亲之间有很多相同的基因，所以，如果某个个体的牺牲能保护更多的血亲，本质上说是保存了更多的相同基因，那么这种"利他基因"仍能延续下去。曾有人问一位著名的生物学家："你是否会为自己的血亲作出牺牲？"这位哲人给出了一个经典回答："会的，但我只会为了两个以上的兄弟姊妹，或八个以上的表兄弟姊妹而牺牲。"

如此说来，这种"善"要打折扣了。因为，对于生物个体来说，它只是一种放大了的自私；对于基因来说，它更是"基因们"为了最有效地保存自身而做出的冷酷准确的算计。所以，主张"人之初，性本善"的孟子输了，持"性恶论"的荀子是科学时代的胜利者。

以上纯属扯淡，与下面要说的故事毫无关系。

37岁那年，我与妻子平静地分手后，经人介绍见过几名女性。其中一位，姑且叫她倩君吧，头次见面，彼此便有过电的感觉。倩君34岁，是个老姑娘，介绍人有意强调了她的处女身份，她给我的第一印象是这么几个形容词：光滑、温润、处女的清爽、妇人的成熟。清汤挂面式的披肩直发，腰肢纤细，皮肤白皙，一双美极了的丹凤眼，眸子深处似乎总是浮着一片朦胧，一片淡淡的忧伤。这种目光特别使我入迷——也使我们最终没能走到一起。

那时双方的感情升温很快，几乎到了谈婚论嫁的地步，不过这个过程在一次约会后戛然而止了。那天下午，我约她到白河游览区去消夏，她似乎略为犹豫，然后爽快地答应了。游览区景色很美，不过这种美是人工雕琢出来的。这些年白河水量锐减，只是在拦河橡胶坝建成后，才留住一池清水，带出一片风光。那天是星期天，游人如蚁，各种摊点像雨后的蘑菇。我们找了一处比较安静的沙滩坐下，倩君屈腿侧身，愈益显出曲线玲珑。今天她改换了往日的淑女打扮，穿得相当性感，短裙和低领T恤紧紧裹着丰满的身体，也许这是一种暗示，暗示我们可以不拘形迹，干点别的什么事情了。望着她短裙下的大腿和T恤半掩的乳沟，我觉得浑身燥热，便急忙扯出一些闲话。

我说："按史书记载，西汉末更始称帝，定都宛城，就是在白河滩上祭告天地，是不是就在咱们脚下这片河滩？南阳在秦汉时曾辉煌过，从三国曹仁屠城后就伤了元气。此后两千年间屡遭兵祸，几度毁建。据说明末清初，南阳地区总共只有4000多人，饥民易子而食，野狗吃死人吃得红了眼。清朝第一位南阳总兵剿灭野狗时，不得不让士兵躲在木笼子里用梭镖往外捅，由此可以想见野狗的气焰。其实，乱世之人可以说已经沦为野兽了，我只是奇怪，在经历了周期性的兽化之后，人性竟然还能复苏，要知道学恶容易向善难呀……"倩君显然没有听我讲话，而是专注地盯着不远处的两个小孩。女童四五岁，只穿一件小裤头，胳膊腿像藕节一样肥白；男童六七岁，一双虎灵灵的大眼。两人在沙滩上疯跑，尖叫，一刻不停。倩君呆望着，眼神中分明是做母亲的渴望。

于是我闸住我的清谈，拉倩君踱过去。附近没有看见这俩小孩的家长，30米外有一对男女依偎而坐，不时向这边瞟过来一眼，估计是家长吧。两个小玩伴没有理会我俩的到来，仍是笑得嘎天嘎地。倩君回头瞟我一眼，向我靠得更紧了。

我完全能理解她的身体语言，她是在说，"早日结婚吧，我盼着为你生一个可爱的孩子。"我搂紧她，轻轻吻了她的脸颊。这时女童尖叫道："找到了！找到了！"顺着她的手指，我看到一片湿沙，边缘处露出一角花布，女童跑过去，拎着布角，拉出一个布娃娃，显然是男孩刚才藏下的。她咯咯笑着，抖净沙子，亲热地搂到怀里。

这种天生的小母亲神态使我不禁失笑，便用肩头触触倩君。就在这时我突然发现了异常，绝对的异常——倩君死死地盯着埋布娃娃的沙穴，身躯竟摇晃起来。我一把扶住她的双肩，急忙喊："倩君，倩君，你怎么啦？"我连声呼叫着，倩君才从梦魇中醒过来，她面色惨白，茫然的目光像两个黑洞，全身上下瞬间蒙上了阴森森的鬼气。在我狐疑的目光中，她艰难地说："走吧，咱们离开这里。"

连那两个小孩都觉察到了倩君的失态，奇怪地目送我们离开。我把倩君安顿到一个餐饮桌旁，要了两杯可乐。她接可乐时，手指显然在发抖。我轻声劝慰着她，大脑却在飞快地转动。从倩君的失态来看，她这一生中无疑受过极强烈极不寻常的刺激，这种刺激多半和……尸体有关！也许这个漂亮女士曾经杀死……我打了一个冷战，不敢再想下去。这种想法太可怕了，无法和端庄可人的倩君联系到一起。不过，我同时想到，这么一位漂亮女人，到34岁还未成婚，这本身就不正常呵，肯定有什么难以示人的原因。我不自觉地同倩君拉远了距离，甚至不敢再碰她的身体。她的肌肤冰凉，就像一条冬眠的蛇。

很久倩君才镇静下来。她显然看出了我的戒备和疏远，便苦笑道："你愿意听我讲一个可怕的故事吗？是完全真实的，发生在我的童年。"

我犹豫着。也许，她要讲的只是一个弥天大谎？或者，作为一个绅士，我不该让她在这种精神状态下陷入可怕的往事？但我最终点点头。我迫切需要答案，否则我无法继续同她交往下去。倩君沉默片刻，显然在理思路，然后语调沉缓地讲道：

那件事就发生在白河岸边，具体方位我已没有记忆了，说不定就在咱们脚下。事发那年我五岁多，那时我们都很小。

我家就住在河对岸，南关小寨门附近。小时我有一大群玩伴，其中一个叫小赖，比我大两三岁，是我们的当然首领。我记得他其貌不扬，一对大门牙，左颊因摔伤破了相，留下一长条相当明显的伤疤。穿得破破烂烂，又黑又瘦。记忆中印象最深的，是这么一个常见的镜头：他爹手里拎着笤帚，或劈柴棍，醉醺醺地骂着小杂种小王八羔子，在后边追打。小赖则毫不示弱地对骂着，灵活地躲来闪去。我想，一个人的领导才能真是天赋的啊，就这么一个带点流气的男孩，那时在街坊孩子中威望极高，只要他一挥手，我们就像麻雀一样哄地随他飞走了。同伴中有一个叫小冬的男孩，年龄与他相仿，可能还略大一点，但他一向心甘情愿地做小赖的跟屁虫。

那天我们在寨墙脚下玩"翻螺壳"。知道这种游戏吧，从沙滩中捡来蚌壳，分成两瓣；撒到平地上。凡是壳腹向上的，就用食指指肚捺住壳腹的凹处，小心地翻过来，这只蚌壳就算你赢过来了；壳背向下的，就在指肚上沾一点唾沫，小心地粘起蚌壳，把它带翻身，再继续上边的动作。如果哪回失误，就由对家来做。那天我很倒霉，一袋蚌壳很快就输光了，只好嘟着嘴看别人玩。回想起来，那时小赖哥对我似乎有一种特别的友情，他特别照顾我，体贴我，俯就我的小脾气。这也不奇怪，那时我爸是一级教师，收入高，因此我的穿戴比伙伴们都齐整，比较引人注目吧。小赖哥马上觉察到了我的不高兴，便提议：咱们到河边去拾河蚌吧。我担心地说：大人说不让去河边，去了要挨打的。小赖毫不在乎地挥挥手，我们——小冬和四个女孩——就跟着他跑了。

那时还没有育阳桥，是两条木船连成的浮桥。河南是幽静的柳林，那天格外清静，除我们外没有一个闲人，正是这点情况造成了以后的悲剧。风和日丽，沙滩平坦而松软，我们高高兴兴地散开去拾蚌壳，小赖和小冬则熟门熟路地直奔河边，甩了衣服，赤条条地跳到河里。记得我还抬头喊了一声："小赖哥，二伯不让你游水，又要打你哩。"小赖满不在乎地说："不让他知道就行了，记住，谁也不许说！"

他俩的游泳都是自学成才，只会最低档的狗刨式，打得水花四溅惊天动地的。一个小时后，我们都拾了一大捧蚌壳，用衣襟兜着，喊小赖和小冬上岸。小赖爬上岸，背对着我们迅速登上裤头，盖住他的黑屁股——那时他多少有点男女之防了。然后他偏着头，一只脚用力跳着，想弄干耳朵中的进水。这时我们瞥见小冬双手一扬，潜入水中。过了一刻，又过了一刻，他还没有露面。小芹担心地说："小冬哥咋还不出来呢？"我就喊，"小赖哥，小冬潜到水里半天了，咋还不出来呢？"

小赖哥立即转身看去，水面上没有小冬的身影。就在这时，两只手臂又在水面上挥了一下，隐约听见半声呼救，然后河面又归于安静。我清楚地看见，小赖哥的脸唰地白了，他三下两下扒掉衣服，蹬掉鞋子，跳到水里，水花四溅地向那里游去。

这个场面作为特写镜头一直保留在我的记忆中。直至今天，我仍由衷地佩服小赖的果断。对于一个不足七岁的孩子来说，在危急时刻能如此迅速地做出决断，确实不容易啊。他涉水到了深水区，开始用狗刨式游向出事地点。几个女孩都用手托着衣襟里的蚌壳，紧张地盯着他。虽然紧张，但我们那时还不知道害怕，因为大家都相信，小赖，我们心目中全能的领袖，一定会救出小冬的。小赖在那一带游了几圈，还像模像样地下潜了几次，都是两手空空地浮出水面。事后我想，这也许是他的幸运。假若当时他真的找到小冬，被挣扎求生的小冬抓住，恐怕只会多断送一条人命。后来，小赖大概感到体力不支了。他的决断不仅见之于他的进攻，也见之于他的退却。他没有犹豫，立即向岸边返游。看得出他很快就精疲力竭了，不时沉下去，喝几口水，又挣扎着浮上来。我们这时才觉察到了危险，个个目瞪口呆，木雕泥塑一般。小赖终于用尽了最后一丝力气，手臂停止划动，无力地沉下去——但他的双脚已触着河底。于是他直起身，跟跟跄跄地向河岸走过来。

我们四个女孩实在没用，那当口儿只会傻看，只会焦急地喊："小赖哥小赖哥！"我们眼睁睁地看着小赖歪歪倒倒地爬上河岸，一头栽到沙滩上。这时只听哗的一声，是四个女孩同时抛撒了蚌壳，围上去哭喊："小赖哥！小赖哥！"小赖慢慢翻过身，鼻尖、肚皮和小鸡鸡上都沾着沙子，脸色煞白，上面写满了惊惧和茫然。也许只有这时大家才意识到，我们心目中的领袖只是一个弱小的孩子，他也被灾难压垮了。那时我才感到了"大人"们的强大，我放声哭喊道："来人啊，救命啊！"三个女伴受我的感染，同时放声哭喊。可是没有人。幽静的柳林中和河面上没有一个人。对岸有隐隐约约的人影，但他们显然听不见。夏天的热风飒飒地吹着柳叶，蝉鸣高一声低一声地聒噪着，伴着我们嘶哑的喊声。我们喊了一会儿，又不约而同地停下来，泪眼模糊地盯着小冬落水的地方，企盼他会哈哈大笑地突然跃出来……

那天我们四人一定是患了集体癔症。我们同时呼救，同时住口，又在死一般寂静的重压下突然号啕大哭，然后同时拔腿逃走，甚至忘了还在地上躺着的小赖……

倩君停下来，端起可乐猛饮，可乐喝干了，听见她的牙齿噼噼地敲击着铝罐。我忙把自己那一瓶推过去，体贴地搂住她微微颤抖的肩膀，但同时……我的大脑却在飞快地旋转。我不认为倩君是在撒谎，如果是撒谎，那她的演技未免太高明了。但我又本能地不相信这番讲述。不错，她在五岁的童年碰到一桩可怕的灾难，一个同伴就死在她的面前，她真切地描述了另一位男孩在灾难来临时超越年龄的决断——但这一切似乎不至于造成如此深重的心理创伤，以至于29年后的一点刺激几乎使她昏厥！对了，说到刺激的缘由，似乎还有一点细节上的差池。照她说来，小冬是死在水中的，而她刚才的晕眩却是由"沙堆"中的布娃娃引起的，这里总有那么一点不大对榫的地方。我用温柔的目光鼓励她说下去，同时不动声色地分析着推理着。歇息片刻，倩君继续说：

我们号啕大哭着往家跑，突然听见一声断喝："站住！"自然是小赖哥的喊声。我们都停住脚步，回过头。浑身赤裸的小赖已经爬起来，把我们喊到他周围。他的面色依然惨白，不过眉头紧蹙，显然已做出了重大决策。他的目光啊……如果以我今天的理解，他当时的目光真称得上残忍果决，绝不像七岁的孩子。他严厉地、毫无商量余地地说：

"回去后谁也不许对大人说！说了，我会被俺爹打断腿，你们也脱不了挨打。"

我们一下愣了，面面相觑。五岁女孩的心目中还没有太明确的是非观念，但我们本能地感到，这个决定不太对味，不太地道，不太光明。我们呆望着首领，不敢答应，也不敢拒绝。小赖狠狠地瞪着我们，坚决地说：

"咱们再怎么挨打，小冬也活不了啦，你们说是不是？"

是啊，小赖哥说得完全对。要是挨顿打能让小冬活过来，那就应该告诉大人，挨打也值得。可是，挨了打，小冬也活不了啦。小赖看出了我们的动摇，再次重复道：

"都不许说！等我穿上衣服。"

他去河边穿了衣服，然后我们的目光不约而同地盯上另一堆衣服，小冬的衣服。小冬已经去了另一个世界，那是小冬和我们之间的唯一联系了。这些衣服该怎么处理？小赖似乎已胸有成竹，他抱起那堆衣服，往前走了十几步，蹲下，开始在地上挖坑。我们围观着，慢慢明白了他的用意。于是一种羞愧感、负罪感悄悄弥漫开来，似乎将要埋的不是小冬的衣服，而是小冬本人，是小冬的生命。小赖忽然停了手，仰起头，狐疑地看着大家。我不知道他当时是怎么想的，但在他作出下面的决定时，无疑暗合了黑社会常用的一项规则：为了保密，让每个人手上都沾上血腥。他厉声命令道：

"都动手啊，快点！"

我并不想为自己辩解，但确确实实，当时我们都被他的目光魇住了，头脑里空空的没有任何思维。我们顺从地蹲下，八只小手忙乱地向外扒沙。沙层很松软，几分钟后，小冬的衣服已埋藏妥当。小赖在上面踩了两脚，再次命令道：

"回家吧，谁也不许说。谁说，谁就是叛——徒！"

在他的审视下，我们一个个庄严地点了头，把许诺刻在心中。谁愿做叛徒？决不！我们终于从卑鄙中提炼出了高尚，给自己找到了一处心理依托。这是犯罪团伙维持团结的惯伎，在我们这个小团伙里无意间使用成功了。

我们一言不发地走过浮桥，爬上寨门，心中免不了忐忑不宁，行动免不了鬼鬼祟祟，只有小赖看上去还镇静。拐过街角，偏偏迎头碰上小冬妈，一个喜欢所有孩子的胖大婶。她笑嘻嘻地说："到哪儿疯跑啦？恁晚才回来，小赖，小心你爹揍你的皮。俺家小冬呢？"

我们的心一下子提到嗓子眼，四双惊慌的目光都转向小赖。小赖抢先回答："不知道，小冬和我吵嘴，今天没和我们一起玩，不信你问她们。"

我们都忙不迭地点头。小冬妈奇怪地嘟哝一句："这孩子能跑哪?"然后她就朝前走了。大伙儿没想到第一关这么容易就闯过去了,都松了一口气。临分手时,小赖又用他带有魔力的目光挨个巡视一番,低沉有力地说:

"谁也不许当叛徒!"

整个晚上我心神不宁。妈妈以为我生病了,摸摸额头不发烧,但仍安顿我早早睡下。闭上眼睛,脑海中只剩下一个场景,那就是小冬的衣服躺在沙坑中,八只小手匆匆忙忙向上堆沙子。这个场面像一把钝锯一样在我心中锯割,把死亡、恐惧、负罪感、鲜血、幽灵等乱七八糟的东西全搅混在一块儿。夜风送来小冬妈焦急的呼喊:"小冬,你死哪去啦?小冬,快回来!"

我不知何时才入睡,在半夜里突然哭醒了,失声喊道:"小冬死了!小冬死了!"妈妈忙按住我,嗔道:"不许说霉气话,小冬肯定已经回家了,你听,这会儿他妈已经不喊了。"

我在妈妈的安抚下沉沉睡去。第二天,我刚刚醒来,小赖的脑袋就从窗户里探出来,他不动声色地打量着我,上上下下地打量着我。肯定他判断出我没有当叛徒,便轻声说:"我走了。"

我相信,那天早上他一定挨家挨户巡视了一番,为秘密团伙的四名成员打了气。

那天街坊的大人们忙作一团,到处寻找小冬,把我们撇到一边。现在回想起来真是不可思议,五个五到七岁的小屁孩,怎么能把这桩骇人的秘密整整保守了一天。看来主要是怪大人们的懵懂,他们没有料到啊。直到晚上,大人们才把疑点重新聚拢到小冬的同伴身上,听见他们悄声商量着,然后各自领着自己的孩子,聚到我家里。

一场审判开始了。在街坊中我爸文化水平最高,先由他来讲道理:"孩子们应该诚实啊,应该体谅小冬妈的焦急啊。"四个女孩的脸色由红转白,由白转青,把头深深埋到胸前,只是偶尔抬抬头,溜一眼小赖。小赖哥则抱着一副豁出去的神态,半闭着眼睛,胸膛大幅度地起伏着。看到我们的表情,大人们越来越担心,我爸的话没说完，小冬妈就忍不住大哭起来：

"娃儿们哪，求求你们了，小冬是死是活，给个实话吧，我给你们跪下啦！"

她从座上挣下来，真的要给我们跪下，其他几个大人忙拉住她。她的哭声解除了小赖哥对我的魔镇，我哇地哭出来："小冬死了，小冬淹死了！"

其他三个女孩也几乎同时哭喊出同一句话。大人们都惊呆了，屋里一下子变得异常安静，静得瘆人。他们当然已经看出了这个小团伙的异常，但我想他们一直保留着万一的希望，他们挣扎着不愿相信，五个小孩能做出这么残忍的决定。我们的坦白把几个大人都击垮了，他们不敢看小冬妈，甚至不敢看自己的孩子。坦白之后，我们想起了对小赖哥的许诺，使用求饶的眼神看着他，向我们的首领认罪。小赖则鄙夷地、恶狠狠地瞪着我们。

大人们连夜出动，几只手电前后照着，拥着五个小囚犯到作案现场去。小赖爸脸色铁青，一手拎着劈柴棒，一手拎着小赖的衣领。回想起来，当时长辈们的决定也有些不合情理，他们没有立即着手打捞小冬的遗体，却全力去寻找他的衣服。也许，只有亲眼看到他的衣服，他们才真的相信这个噩耗？找衣服花了很长时间，因为平坦的沙滩上没有留下任何标记，但终于找到了，在一圈手电光的照射下，小冬的衣服堆放在沙坑里，似乎在无言地控诉。

小冬妈瘫软在沙坑边，号啕大哭。

我们听到了沉重的棒击声，是小赖爹在没头没脑地狠揍儿子，头上、背上，逮哪儿打哪儿。小赖犟着脖子不求饶，小赖妈咬着牙不去劝解，我们则被吓得放声大哭。其他大人脸色阴沉地看着，从内心讲，他们巴不得打死这个祸害，但面子上下不去，便作好作歹把小赖爹拉住了。直到今天，我还清楚记得小赖哥当时的表情。他孤零零地站在人堆外，就像一只受伤的孤狼，头上淌着血，用冰冷的、鄙夷的、仇恨的眼光挨个瞪着我们几个，尤其是我。然后，他决绝地扭身跑了，很快消失在夜色笼罩的柳林里。

没有人去追他。也许大人们从他逃跑的方向看出，他不是去寻死的。不过他们和我们都没想到，小赖自此失踪了，26年杳无音信。

终日醉酒的小赖爹此时也表现出他家独有的决断。他迅速安排人打捞小冬的遗体，本人则拦了一辆货车沿白河南下，在六七十里之外他下了车，再沿河上溯，四处打听。他的估计是对的，终于在半途中寻到小冬泡胀的身体。

倩君停止了叙述，很奇怪，她的情绪也平定了，似乎这番倾诉掀去了她久压心中的巨石。现在被震撼的反倒是我。我不再怀疑她的叙述，因为我本人也感到了这场经历的可怕。一个年仅七岁的小孩，竟能组织起这么一次事件！当然，这位小领袖犯了一个最基本的判断错误——四个女孩绝不可能永远缄口。但即使如此，小赖在临事时的果决，他对同龄伙伴的控制能力，仍使我感到震惊。如果不以成败论人，那么少年小赖实实在在称得上一位枭雄。

夜色深了，灯光辉映着倩君晶亮的双眸，她在等我的决定。她知道这件事在两人之间已经划了一道裂隙，看我是否愿意伸出手来把它抹平。我沉思良久，不紧不慢地说："倩君，你刚才说小赖26年杳无音讯，而那件事呢，发生在29年前。这样说来，三年前……你得到了他的消息？"

倩君犹豫着，勉强点点头。

"他……肯定已不是寻常之辈？我是依情理来推测的，以他的为人，如果不是混出了场面，他是绝不会回家乡露面的。我说的对吧。"

倩君更为勉强地点点头。

"至于他今天的地位，我不妨猜一猜。也许他已经是权倾一方的高官？按他的年纪，可以做到地市级，省部级也并非不可能。他一定是个……"我斟酌着用词，"能谋善断、我行我素的铁腕人物，把治下的百姓当泥巴来团弄。不过也不排除他会做一些好事，一些其他庸人不敢想不敢干的事情。想想当时，他不是毫不犹豫地跳下水去救人了嘛。"

倩君沉默不语。

"也许他不是从政而是经商？这更适合他的性格。商海是典型的草莽江湖，实施丛林法则，弱肉强食。以他的刚毅果断、心狠手辣，现在一定是富可敌国的大款。"

仍然是沉默。

我沉思有顷，推翻了原来的推断："不过，这两种分析都没充分考虑到他在人生经历中的突变。他七岁离家流浪，不会受到什么高等教育，也难免滋生出对社会的敌意。那么，他更可能变成一个阴狠暴戾的黑道枭雄？"

倩君沉默着，但眸子中已闪现怒意。显然，她对我没完没了的剖析开始反感。这是我估计到的，也正是我盼望的。如此，我在同倩君分手时，便可以减少一点愧疚。想想吧，一个你爱恋的不幸女子，披心沥胆地倾诉了从幼年起就埋在心中的隐痛，作为一个绅士，怎么能在这时候提出分手？但倩君的怒意使我确证了她对那位"小赖哥"的情意——至少也是好感吧。可以认定，那位三年前有了消息的枭雄至今仍然控制着倩君，他童年时的女友。如果不是直接的肉体上的控制，至少也是心理上的隐性控制，这点毫无疑问。

我可不想一辈子生活在另一个男人的阴影之下，让我的婚床上睡着另一个男人的幽灵。

我陪她离开河边，步行回家。在她家门口亲切地、平静地互道再见。没有拥抱，没有吻别，两人都知道这是最后一次见面了。走到街口，我忍不住回头看了最后一眼。那个女人还没进屋，孤零零的身体浸泡在夜色中。我不无内疚地想，我这么甩手一走，可要把一个女人终生留在某种阴影里啦！不过我最终还是决然离去。无疑，她是一位不祥的女人，童年时的原罪势必化为终生的诅咒。为了自己一生的幸福，我必须远离她。好在和她的交往还不算太深，也没有肉体关系，算不上欠她什么。这个决定可能有点儿卑鄙，不过……生物本性本来就是自私的嘛，我这么做只是顺应天意。